無能才女は
悪女になりたい
～義妹の身代わりで嫁いだ令嬢、
公爵様の溺愛に気づかない～
Saki Ichibu
一分咲
ill. 藤村ゆかこ
Yukako Fujimura

「――エイヴリル・アリンガム。私と結婚してほしい」

「もちろんですわ。あとは結婚式を挙げて、婚姻誓約書を出せば完璧です」

「いや契約結婚の話をしているわけでは、」

「大丈夫です。ランチェスター公爵家に嫁いだ悪女として、完璧な結婚式を挙げてみせますから、ご安心を！」

「いやだからそういうことではなくて……」

CHARACTER

〈 登場人物紹介 〉

エイヴリル

アリンガム伯爵家の長女。

並外れた記憶力をもつ“才女”だが、家族には“無能”呼ばわりされている。使用人たちには慕われていて、彼らに交じってあらゆる家事をこなして育った。

ディラン

ランチェスター公爵家の現当主。

「好色家の老いぼれ公爵閣下」と称される父から家督を引き継いだ。“悪女”のレッテルを貼られたエイヴリルを妻に迎えたのには理由があるらしいが……？

コリンナ

アリンガム伯爵が愛人（のちの後妻）との間に設けた娘で、エイヴリルと同い年。高慢で浪費癖があり、夜遊びも大好きな“悪女”。

クリス

ディランの側近。エイヴリルが来てからは、彼女のお目付け役として外出に同行し、時に“悪女”のサポートをすることも。

アレクサンドラ

リンドバーク伯爵令嬢で、アカデミー卒の才媛。元婚約者とコリンナの夜遊びが、エイヴリルの「身代わり婚」のきっかけとなる。

ローレンス

この国の王太子。ディランとは旧知の仲で、婚約者候補のアレクサンドラとともに、ディランとエイヴリルを応援する。

無能才女は悪女になりたい

～義妹の身代わりで嫁いだ令嬢、公爵様の溺愛に気づかない～

一分咲
Saki Ichibu

ill.藤村ゆかこ
Yukako Fujimura

c o n t e n t s

プロローグ

今日は公爵様とエイヴリルの結婚式だ。

エイヴリルの格好をした義理の妹コリンナは、エイヴリルの夫となる公爵閣下、ディラン・ランチェスターのもとに向かって、バージンロードをゆっくりゆっくりと歩いていく。

なぜか、それを当のエイヴリルは地下に続く階段室の隙間から見守っていた。

どうしてエイヴリルが自分の結婚式をこんな場所から見守っているのかというと、今まさにバージンロードを歩いているコリンナによってドレスを奪われ閉じ込められたからである。

こんな残念なことになるまでには紆《う》余《よ》曲《きょく》折《せつ》あったし、今すぐに説明できないのが悔しいくらいなのだが、少なくとも本意ではないことだけは声を大にして言いたい。

（あのドレス、やっぱり素敵ですね……。さすが、ディラン様が私のために仕立ててくださったドレスだわ。真っ白なシルクの生地にちりばめられた刺繍《ししゅう》とラインストーンが綺麗《きれい》……！）

こんな状況なのに、自分がディランからの贈り物であるドレスに夢中になっていたことに気がついたエイヴリルは、ハッとして蒼《あお》くなる。

（いけないわ、また私ったら。ここはドレスの美しさに感激するところではなかった。ディラン様にごめんなさい、だわ。私への贈り物なのに……コリンナに奪われてしまったんだもの）

一方、エイヴリルから奪ったドレスを身に纏《まと》い美貌の公爵の隣に進んだコリンナは、夫となるディランの顔を凝視して『エッ!?』と小さな悲鳴をあげた。

それは、何かを忌避する叫びではなく明らかな感嘆の声。

(それはそうよね。ディラン様はとってもお顔がいいもの。佇《たたず》まいからも優しさや高貴さが溢《あふ》れ出《で》ていらっしゃるし、初めて間近で見たらあのような反応をしてもしかたがないわ。だって、コリンナだもの)

悪女と評判の遊び人でもあるコリンナは、ディランのことが大変に好みだったのだろう。自分の夫となる人への高評価に、エイヴリルがほんの少しだけ得意になっていると。

「お前は誰だ。私の愛するエイヴリルを一体どこへやった」

教会内に鋭く響いたディランの声。

(わ……〝私の愛するエイヴリル〟……)

そういうのは今はちょっと勘弁してほしい。

頬を染めて固まったエイヴリルの視線の先では、参列者たちがざわざわとし始め、コリンナが震えていた。

「ディ……ディラン様。私はエイヴリルですわ。この桜色の髪も、碧色《あおいろ》の瞳も、あなたが愛するエイヴリルそのものですわ。いつものエイヴリルと違うところなど一つもありませんわ」

「――あなたが愛するエイヴリル？」

自嘲気味に笑った後、ディランは厳しい声色で続けた。

「お前。私が愛する妻の顔をわからないと思っているのか？　不敬罪で投獄してもいいが、まずはその前にエイヴリルの居所を教えろ。二度同じ問いはしない。今すぐにだ！」

「ひっ……！」

コリンナはあまりの恐怖に力が抜け、床にへたり込んでしまったようだ。

（私とコリンナは母親が違うけれど、子どもの頃からよく似ていると評判でいつも間違えられていたものね。でも、結婚式で入れ替わるのはさすがに無理だったのではないかしら……って大変！　ドレス！　ディラン様からの贈り物のドレスが……！）

隙間から見守っていたエイヴリルは、口に当てられた布紐《ぬのひも》を嚙《か》み締《し》め、扉に体当たりをする。

「ふぃ……ふぃはひは、はらはは」

（い……いたいわ、からだが）

一瞬だけ静まり返った教会に響いた、鈍い音。

それが聞こえたのか、それともコリンナの震える指先を辿《たど》ったのか。こちらを見たディランと目が合った気がした。

「……っエイヴリル!?」

その瞬間、ディランは問《と》い質《ただ》すために摑《つか》んでいたコリンナの身体《からだ》をぽいと放り投げ、エイヴリルの方に走り寄ってくる。

急に支えを失ったコリンナは、どさりと音を立てて床に転がった。

（あっドレス！　そんなことをしてはせっかくのドレスが汚れてしまうわ……！）

自分の結婚式を閉じ込められて見守っていた令嬢・エイヴリル。

よくいえばおっとりした性格――つまり、こんな事態でもそんなに動じない強めのメンタルの持ち主である。

それにしても、一体どうしてこんなことになってしまっているのか。

答えは、一年前まで遡る。

第一章◆身代わりで悪女として嫁ぐことになりました

「――エイヴリル。お前はコリンナの代わりに嫁いでもらう」

一年前のこと、アリンガム伯爵家の当主である父親の言葉に、エイヴリルは目を瞬《まばた》いた。

「……あの、それはコリンナのせいでできた借金のかたに、あっさり私を差し出すということで合っていますか？」

「何という品のない言い方をするんだ。口を慎め、エイヴリル」

（どうやら正解だったようですね）

父親からの厳しい叱責にもエイヴリルは穏やかな表情を保ち特に動じることはない。なぜなら、こんなのは日常茶飯事だからだ。

どうしようかしら、と首を傾《かし》げるエイヴリルの前には、両親と義妹の三人が澄ました顔で立ちはだかっている。

大体の不幸に慣れていることは認めるが、今回だけは事情が違うこともまたわかっていた。

十日ほど前の朝、義妹のコリンナが朝帰りをした。

両親は知らなかったようだが、コリンナはしょっちゅう夜遊びに出かけている、その世界では有名な『悪女』だ。

その前夜に参加していたのは、何と事もあろうに『仮面舞踏会』だったらしい。コリンナはそこで出会った侯爵家の令息と懇意になり、一夜を過ごしてしまった。

それはいつものことなのだが、今回は相手が悪かった。

その令息の婚約者はアリンガム伯爵家が借り入れをしている大富豪の令嬢で、揉《も》めに揉めた末、今すぐに借金を全額揃《そろ》えて返せと言われてしまったらしい。

当のコリンナは悪びれるふうでもなく、しゅんとしている。

「私……そんなつもりじゃなかったの。まさかあの方に婚約者がいらっしゃったなんて」

「コリンナ。誰にだって失敗はあるものよ。でも大丈夫。今回は替えがきくんだもの」

義妹と継母《ままはは》の会話に、眩暈《めまい》がしそうだ。

(全然大丈夫ではないと思うのだけれど……)

面と向かって『替え』と言われたエイヴリルは、とりあえずへらりと微笑《ほほえ》むしかない。

それをエイヴリルの困惑と受け取った継母は勝ち誇ったように言い放つ。

「大体ね、コリンナが夜遊びなんてそんなはしたないことをするはずがないのよ？　うっかり一夜の過ちだとしても、そんなの誰も信じないわ？　だって、この美しくて賢くて愛らしいコリンナなのよ？」

「皆様が私をそう思ってくださるといいのですが。でも、私――コリンナ・アリンガムがあの仮面舞踏会に存在しなかったことだけは確かですわ。だって、私があの殿方とその婚約者に名乗った名前は『エイヴリル・アリンガム』なんですもの？」

淑《しと》やかな口調で衝撃の新事実を明かすコリンナの相槌《あいづち》に、エイヴリルは傾げた首を反対側に傾け直した。

（ええと……と、いうことはやはり……）

どうやら、エイヴリルは身代わりで嫁ぐだけではなく『悪女』のレッテルも貼られるらしい。

予想通りの展開にますます目を瞬くと、父親が告げてきた。

「いいか、エイヴリル。お前はお前が作った借金を返すために、ランチェスター公爵家――辺境の地に住む好色家の老いぼれ公爵閣下、のところへ嫁ぐんだ」

「ず、ずいぶんな二つ名ですね」

「黙れ」

「はい黙りますわ」

「ランチェスター公爵は後妻として嫁ぐだけで多額の支度金をくださると。何といっても『悪女のエイヴリル』でもいいらしい。わざわざこのタイミングで縁談を持ってきたことを踏まえても、どんな相手かは想像できるだろう」

ランチェスター公爵家といえば、王家に連なる名門である。けれど、社交界にはめったに顔を出すことがなく、謎に包まれた存在だった。

（ランチェスター公爵の年齢を考えると、今さら新しく後妻を迎えるのは不自然なような……。でもつまり、私は多額の支度金と引き換えにコリンナの身代わりとして嫁ぐことになるのね）

これまでの人生、そんなに恵まれたものではないことは理解している。それにしても、今日のこの一件は強烈すぎやしないだろうか。

騒動を引き起こした張本人のコリンナはエイヴリルにだけ見える角度でにやりと微笑み、そっと近寄ると耳元で囁《ささや》いた。

「エイヴリル。あなた気持ちが悪いのよ。みーんな言っているわ？　一度でなんでも覚えられるなんて、どう考えてもおかしいもの。一部には持《も》て囃《はや》す人もいたかもしれないけれど、やっぱりその能力は呪いか何かでしかないのよ。無能なんだから、早くこの家からいなくなってちょうだい？」

（ついにこの日が来てしまったわ……！）

今すぐ叫びたい。爆発寸前のこの想《おも》いを誰かに打ち明けたい。溢れ出しそうな感情をなんとか堪えて、エイヴリルは小さく頷《うなず》く。

「……承知いたしました」

十八年前、エイヴリル・アリンガム伯爵家の長子として生まれた。

柔らかな淡いピンクブロンドの髪に深みを帯びた碧い瞳。陶器のようになめらかで美しい肌と珊《さん》瑚色《ごいろ》の唇。そこにいるだけで、周囲を明るく華やかにする透明感。

誰もが目を見張る美しい少女だったエイヴリルは、両親に慈しまれ幸せな人生を送るかに思えた。

けれど、五歳で母親が急逝したことをきっかけに、エイヴリルを取り巻く環境はがらりと変わってしまったのだ。

（お母様が亡くなってすぐにお父様は再婚し、お継母様《かあさま》と義妹のコリンナがこの家にやってきたのよね。コリンナは見分けがつかないほどに私と外見がそっくりだった。……あの頃は、どうしてコリンナと年齢が同じことをかわいそうといわれるのか理解できなかったけれど、今ならなぜなのかわかるわ）

少し大きくなって父親の家族に対する裏切りを理解したときは絶句した。それでも、初めは何とか家族の一員としてやれていたはずだった。

しかし、程なくしてエイヴリルの物覚えの良さが抜きん出ていることがわかり、状況は悪化する。家庭教師がつく年齢になると、エイヴリルはたった一度読んだ本を暗唱し聞いた曲を歌い演奏するようになったのだ。

一度教わったことは忘れることがなく、そして間違いがない。

普通なら天才と褒められてもおかしくはなかったし、実際にそう持て囃されたこともあった。最初についてくれた年配の先生は、父親に向かいエイヴリルがいかに稀《まれ》で優れているかを力説した。皆が褒めてくれて、うれしかったことが幼い頃の記憶として残っている。

けれど、継母は違った。

「そんな能力、気持ちが悪いわ。ない方がましね」と眉を顰《ひそ》め、エイヴリルを褒めた年配の家庭教師を解雇した。

事なかれ主義の父親はそんな後妻を見て目をぱちくりさせた後、そのまま流れるように継母と義妹の背後についた。あとは、知る通りである。

（私のこの能力は、お継母様とコリンナがアリンガム伯爵家に入ることを最後まで拒んだおばあ様と同じものなのよね。二人が私を憎むのは自然なことなのかもしれない）

エイヴリルの祖母は、息子が妻を亡くしてすぐに連れてきた、何処《どこ》の馬の骨ともわからない母子を伯爵家に入れたくなかったらしい。

揉めに揉めて、ついにアリンガム伯爵家を出ていってしまった。

絶縁して半年も経《た》たないうちにエイヴリルを引き取ると申し出てくれたのだが、世間体を気にする両親との間でまたも諍《いさか》いとなり、そのうちに祖母は病で亡くなった。

実母と祖母の資産はすべて両親が売り払ってしまったらしい。エイヴリルをかわいがってくれた二人の形見は何一つとして残されていない。

こうして、エイヴリルが頼れる大人はいなくなった。

結果、エイヴリルの能力は蔑まれるべきものとして家族の中に定着し、どこをどう飛躍したのか無能だと呼ばれている。

当然、伯爵令嬢としての振る舞いが許されるはずもない。

使用人同然の扱いを受けて、いつの間にかエイヴリルは十八歳になったのだった。

両親・義妹との会話を終えて書斎に立ち寄ったエイヴリルは、閉じたばかりの扉に寄りかかり目を瞑《つぶ》った。

（何というお話なのかしら……！）

「とっても素敵だわ。だって、私、この家を出るのが夢だったんだもの……！」

さっき家族の前で我慢した言葉をやっと口にし、書斎をぐるりと囲む書架を見上げる。

この書斎はエイヴリルの仕事場だ。

コリンナの使い走り、コリンナがにやにやしながら泥で汚したエントランスのモップがけ、傷んだ使用人用の廊下の修理、冬になれば煤《すす》けた暖炉の手入れと雪かき……とエイヴリルが言い付けられる使用人としての仕事は多岐にわたる。

そんな毎日で、一番多くの時間を過ごしていたのがこの書斎だった。

父親であるアリンガム伯爵のものに違いはないけれど、実際に使っていたのはエイヴリルである。

（屋敷内《やしきない》のお掃除もお父様のお手伝いも、嫌いではないしわりと楽しかったから別によかったけれど……今回、嫁ぐのは本当に私でいいのかしら……）

確かに、エイヴリルにとってアリンガム伯爵家を出ていくことは念願だった。

けれど同時に心配になってしまう。

「お父様やコリンナはどうでもいいわ……でも、使用人の皆が困らないようにしなくては」

エイヴリルは屋敷の皆から虐げられていたわけではない。

家族にこそ疎まれたが、使用人たちは皆エイヴリルをかわいがってくれた。

心から愛し信頼できる家族はいないが、アリンガム伯爵家で働く皆は、大切に想い合う友人のようなものだ。

取り急ぎ、今後この家のために必要になる書類をまとめていると、バンと乱暴な音を立てて扉が開く。そして父親が現れた。

「エイヴリル。公爵家への出立は明日の朝だ。お前はもうこの家の人間ではなくなる。この書斎にはもう入るな」

「ですがお父様。これまでこちらの書類の管理は私が」

「明日からはもっと優秀な人間を雇う。アカデミーの大学部にでも言えば、お前よりもずっと優秀な者がいくらでも見つかるだろう」

「ですが……」

「何だその目は」

この家の家計が火の車なのは知っている。きっと、その優秀な人材を雇うための元手となるのはエイヴリルが嫁いだことで手に入る支度金なのだろう。

自分には一体どれだけの高値がついているのだろうか。

継母と義妹の言いなりで家と領地のことを全く考えない父親に向かい、エイヴリルはできるだけゆっくりと言葉を紡ぐ。

「私より優秀な方はたくさんいらっしゃることでしょう。しかしどんなに優秀な方でも状況の把握に手間取っては」

「理屈っぽい女は嫌われるぞ。お前にもコリンナのようにかわいげがあればな。……公爵様に追い出されて戻ってくるのはやめてくれよ？　それではうちの家名に傷がつくし、今後公爵家を金づるとして使えなくなるからな」

「……」

　考えうる限りこれ以上なく最低な部類の返答を受け取り、エイヴリルは早々と会話を諦めることにする。

　これまで、エイヴリルはこの家では好まれない記憶力の良さを生かして父親を手伝ってきた。補佐として莫大《ばくだい》な書類や資料の内容を把握すれば、父親は何がどこにあるのか、どれがどんな状況なのかを知ることができた。

　ついでに、執務の優先順位を把握しスケジュールを管理してきたのもエイヴリルである。けれど、その便利さを妻やコリンナの機嫌と天秤《てんびん》にかけた結果、手放すのもやむなしという判断に至ったらしい。

（私は、お父様ではなくこの家の使用人の皆様や領民のためにお仕事を手伝っていたのよね。せめて、お世話になった皆様が困らないようにしたいのだけれど。さすがにこんなに急に追い出されることになるなんて思っていなかったから、何の準備もしていないわ。引き継ぎの資料を作ろうと思ってここに来たのだけれど……）

　しかしそれはどうやら無理らしい。

「承知いたしました。失礼いたします」

「ああ。もうここに入るんじゃないぞ、いいな」

「…………」

アリンガム伯爵家の行く末を思いながら、エイヴリルはため息をついて書斎を後にしたのだった。


翌朝、公爵家からの迎えが待つ馬車の前。

エイヴリルの手を握り、使用人仲間のキーラが泣きじゃくっている。

「お嬢様……こんなに急にお別れをすることになるなんて……！」

「泣かないで、キーラ。もしお父様……いえ、家令のセバスチャンや領民が困るようなことがあったら、私たちの部屋のクローゼットを開けて。そこに書類が入っているわ。それを見れば、アカデミーを卒業された優秀な方ならすぐにアリンガム伯爵家の状況がわかるはずよ」

「でも、お、お嬢様……こんなのってひどすぎます……！」

泣き続けるキーラに、エイヴリルは額をこつんとくっつけて囁く。

「いいこと？　キーラ。この家を出ていくことが私の夢だったのを知っているでしょう？　どんな形であれ、私は願いが叶《かな》って本当にうれしいの」

「それは知っていますが……でも……っ」

「まもなくこの家は立ち行かなくなるかもしれないわ。もし困ったら私に手紙を書いて。いいかしら？」

「はい……でも、こ、こんなときにまで、私たちのことを気遣わなくてもいいのですよ、お嬢様……ひっく……」

「泣いていてはだめ。私、あなたのことが大好きよ。ずっと一緒にいてくれてありがとう」

最後に、親友をぎゅっと抱き締める。

エイヴリルと比較的歳《とし》が近いキーラは特別な存在だ。与えられた部屋は同室で、子どもの頃から幾度となく助けてもらった。

ちなみに、気性の激しい継母やコリンナと違い、おっとりして朗らかなエイヴリルは、アリンガム伯爵家の使用人たちの間で人気が高い。

こんな状況下でエイヴリルが歪《ゆが》まずに育ったのは、間違いなく代々アリンガム伯爵家に仕える使用人たちが同情し大切に育ててくれたからだった。

「……お嬢様、お元気で……」

「またいつかきっと会えるわ、キーラ。それまで私のことを覚えていてね？」

キーラとの別れの挨拶を終え、公爵家からの迎えが先導する馬車に乗り込み扉を閉めようとしたところで、継母が首を突っ込んでくる。

「いい？　エイヴリル」

「はい、お継母様。何でしょうか？」

「向こうに着いたらすぐに支度金をもらって送金するのよ？　いいわね？」

「…………」

今回の縁談は急なことだったため、支度金はエイヴリルが到着してから渡されるらしい。

それが本当に売買のようで何ともいえないのだが、エイヴリルにとっては大したことではなかったしむしろ好都合である。

継母の言葉に、エイヴリルはただにっこりと微笑んで否定も肯定もしない。

しかし継母はそれを肯定と受け取ったらしい。満足そうな笑みを浮かべた後ふんと鼻を鳴らし、勢いよく扉を閉める。

程なくして動き始めた馬車の中、エイヴリルはくすくすと笑った。

(お継母様は本当に随分な人ね。私がこれまでに一度も怒りを抱かなかったと思っているのかしら。アリンガム伯爵家と領民のためになるならば、いくらでも送金するけれど……実際はお継母様とコリンナの贅沢《ぜいたく》ごとに消えてしまうのでしょうね)

——ということで、エイヴリルにこの家族のために支度金を送金する気は、全然ない。

第二章◆契約結婚、大歓迎です

公爵家からの迎えに案内され、馬車と汽車を乗り継いで到着したのは、なぜか王都だった。

「あの、私の嫁ぎ先は王都なのですか？　ランチェスター公爵家はアリンガム伯爵領からさらに南に行った辺境の地に領地をお持ちだと記憶しているのですが」

「私にも何が何だか。コリンナお嬢様には『ここよりもずっとずっと田舎へ行くのよ』と言われていたはずですが」

困惑するエイヴリルの問いに不満げに答えたのは、コリンナ付きの侍女・キャロルである。

公爵家へ嫁ぐにあたり、身一つというのはさすがにアリンガム伯爵家の品格が問われる……ということでキャロルが同行することになったのだ。

本来なら、さっき泣き別れたキーラが来てくれたらうれしかった。

しかし実際に選ばれたのは、コリンナの身の回りの世話をしていて、使用人としてもエイヴリルを下に見ていたキャロルだった。

（きっと、コリンナの指示なのだと思うけれど……私への嫌がらせのために家族を残して慣れた土地を離れることになったキャロルに申し訳ないわ）

エイヴリルは仏頂面のキャロルから視線を外し、馬車の窓の外を流れる景色を見る。

レンガ造りの建物が立ち並ぶ王都はとても華やか。石畳の大通りにはたくさんのお店やレストランが立ち並び、人で溢れている。まるで、賑《にぎ》やかな人々の息づかいまで聞こえてくるようだ。

「ねえ、見て。王都ってすごく華やかなのね！　こんなにたくさんの人を見たのは初めてだわ……！」

「…………」

「キャロル、ほら見て！　広場でマーケットが開かれているわ。あんなところでお買い物をしてみたい！　とっても素敵！」

そこまではしゃいでから、エイヴリルははたと自分にはお金がないことを思い出す。

（いけないわ。私は身代わりの花嫁なのでした。もしかしたら、ランチェスター公爵家からもすぐに追い出されることになるかもしれない。それは大歓迎なのだけれど……そのときのためにお金はとっておかないと！）

もちろん、エイヴリルにはいつか家を出るときのために細々と貯《た》めてきたお金がある。けれど、いつ必要になるとも知れず、手を付けるわけにはいかなかった。

はしゃがずに財布の紐を固くしめることを再確認していると、一貫して不機嫌なキャロルがバカにしたようにため息をつく。

「あなたは気楽でいいですね。嫁ぎ先でどんな目に遭うかわかっていないのではないですか。どんなに物覚えが良くても、頭の中がお花畑すぎるから忌み嫌われるんですよ」

「あらまぁ。キャロルは随分なことを言うのね？」

ふふふ、と笑ってキャロルの嫌味を流しながら、エイヴリルは義妹・コリンナが華やかな王都での暮らしに憧れていたことを思い出す。

（私の行き先が辺境の地ではなく王都だと知ったら、コリンナは結婚相手が誰であれ自分が行きたかったと騒ぐのではないかしら。でもだめよ、譲れないわ。だって、これはやっと手にした自由なんだもの……！）

行き先は辺境の田舎町でも華やかな王都でもどちらでもいい。エイヴリルにとっての問題は、円満に家を出られるかどうかだったのだ。

そこまで考えたところで馬車が止まった。どうやら目的地に到着したらしい。

馬車の窓の外には信じられない光景が広がっていた。

（まぁ！　ここは一体何なのかしら……！）

王都に構えるにしては信じられないほど広大な敷地とまるでお城のような屋敷。というか、公爵様が住む家なのでほぼ城で間違いないのだろう。

庭園には花が咲き乱れ、噴水のしぶきには虹が浮かんでいる。

門を通り抜け夢のような景色の中を馬車で進み、辿り着いたのはまさに白亜の城だった。

しかし、出迎えてくれたのはメイドが一人。しかもほうきを小脇に抱えたままである。明らかに乗り気でないのは濃厚だった。

（やはり歓迎はされていないようですね……）

『エイヴリル・アリンガム』は、禁断の夜遊びに興じ家を没落に追い込むほどの悪女である。それを、大金を払い迎え入れようというランチェスター公爵は相当な変わり者なのだろう。

その采配に使用人が反発していることは想像に難くない。

けれど、初めて見るものに興奮しているエイヴリルはそんなのどうでもよかった。

仏頂面のメイドによって早速中に案内され、目を輝かせながら周囲を見回す。真っ白な大理石に、赤い薔薇《ばら》の花が飾られ、品のいいシャンデリアが吊《つ》るされている。

そしてどうしても床に目がいってしまうのは、エイヴリルが長年使用人として過ごしてきたからだろう。

（こんなに煌《きら》びやかな王都の、お城のようなお屋敷……！　この大理石のエントランスロビーは磨きがいがあるわ……！）

もし自分がモップでここを拭くならどのルートを通るか。エイヴリルがざっと最短距離を目測し終えたところで、声がした。

「到着を待っていた。エイヴリル・アリンガム嬢」

そこには驚くほど容姿が整った青年が立っていた。エイヴリルよりも四～五歳年上だろうか。月光のような輝きを放つ銀髪に、淡く引き込まれそうな水色の瞳が美しい。

（こちらはどなたでしょうか……）

精悍《せいかん》な顔立ちと高い身長。決してがっしりとしてはいないのによく鍛えられていると思われる体《たい》躯《く》は、これまでの人生でエイヴリルが会ったどの人にもなかったものだ。

そういえば、ランチェスター公爵領は暖かい地域にある。そこの海は、きっと彼の瞳のように透

き通った水色なのではないだろうか。

（行ってみたい……）

エイヴリルが一瞬だけ意識を飛ばすと、目の前の美貌の青年はごほんと咳払《せきばら》いをして声色をさらに冷たいものに変えた。

「……噂通《うわさどお》りだな」

「はい？」

「素行が悪いと聞いている。まぁ、だからこそ君を選んだのだが」

（いけないわ。考えごとをしていたら、ご挨拶が遅れてしまったわ）

「ご挨拶が遅れて申し訳ございません。エイヴリル・アリンガムと申します」

そう告げると、エイヴリルは淑女の礼をする。

家庭教師は継母に解雇されてしまったけれど、エイヴリルの境遇に同情したコリンナの先生が
「将来、あなたにはきっと外で活躍する機会があるわ」とこっそりいろいろなことを教えてくれた。

（ありがとうございます、コリンナの家庭教師、ハンナさん）

心の中で手を合わせていると、目の前の青年は『悪女・エイヴリル』の仕草にわずかに瞳を揺らしてから、自分は名乗らずに告げてきた。

「……話がある。このままついてくるんだ」

「……はい」

（この方は……このお屋敷にお勤めの方、かしら？　いいえ、違うわ……）

違和感を覚えたものの、エイヴリルは大人しく従うことにした。

そうして、案内されたのは応接室だった。

メイドが湯気の上がらないお茶を注ぐのを確認してから、エイヴリルはにっこりと微笑む。

「初めまして、ディラン・ランチェスター公爵閣下」

エイヴリルの言葉に、目の前の男は鋭い視線を向けてくる。そして、口の端だけを上げて不敵に笑った。

「……どうして私が公爵本人だと思った」

「はい。まもなく社交シーズンに入りますが、この時期ランチェスター公爵領では狩猟が解禁されます。狩猟がお好きな一族とお伺いしておりますので、致し方なくしぶしぶ嫌々止《や》むを得《え》ず、王都にいらっしゃる方が公爵家の主かと」

「……なるほど」

「社交は重視されないお家柄と聞いていますが、公爵家の品位を保ち王家の顔を立てるためのものでしたらお出ましになりますわよね」

「……まあ、確かにそうかもしれないな」

「公爵家の代替わりのお話は伺っておりませんが、何か秘密のご事情があれば積極的に公にしないこともあるのでしょうか？」

「……君は話好きだな」

「あら、ごめんなさい！　つい」

エイヴリルはふふ、と口元を押さえた。この物怖《ものお》じしない性格を奥ゆかしさが足りないとする人間もいるけれど、自分では悪くないと思っている。

微笑みついでに、南の島の海の色をした瞳をまっすぐに見つめてみる。意外なことに鋭かった眼《まな》差《ざ》しは消え、好奇を含んだものに変わっていた。

「そうか。……君は随分勉強したうえでやってきたのだな」

「ええ、まぁそのようなものです」

本当は元々知っていたことだけれど、目の前の公爵様の様子は聞いていたものと随分違う。

必要以上は話さない方がいい気がして、エイヴリルは曖昧に相槌を打ち無邪気に微笑んでみせた。

（辺境の地に住む好色家の老いぼれ公爵閣下、と伺っていたけれど、少なくとも老いぼれでも辺境の地でもないわ）

正直なところ、エイヴリルは噂通りであることを大いに期待していた。

さっきは華やかな王都に大興奮してしまったけれど、ずっと暮らしていくなら落ち着いた田舎町が好きだし、山も海も川も虫も動物その他不便さも大体問題はない。

好色家……外に愛人がいる父親ですっかり慣れっこだし、もしそれが『老いぼれ』ならただのラッキーでしかなかった。

（さようなら……私ののんびりした第二の人生……いえ、まだチャンスがあるのかしら）

実は、明日にでも辺境の地へ連れていかれるのかもしれない。

　しかし、公爵様が控えめに見てもちょっと年上程度なことは確定してしまった。そのほかの噂が本当なら、脱走一択である。その場合、支度金すらいらないかもしれない。

「思ったよりも話が通じそうで安心した」

「それはよかったですわ」

(公爵様は私が噂ほどではなくてよかったと安心しているみたいだけれど、私は噂通りの方でもよかったわ)

　いつ脱走すべきか。今、エイヴリルの頭の中はそれだけで埋め尽くされている。

　だから、目の前の公爵様――ディラン・ランチェスターが告げてきた言葉に目を瞬いた。

「……これは、契約結婚だ」

「……契約結婚……？」

「ああ。君にはこの契約書に書いてある内容を履行してもらう。中身を要約すると、私と君は形だけの夫婦になる。そして、三年後には離縁する。その後は一生暮らしていけるだけの資産を譲るから、好きにするといい」

(なんて素敵なの……！)

　エイヴリルは思わず立ち上がった。

「はいありがとうございます！」

「……は？」

　瞳をキラキラに輝かせたエイヴリルの反応があまりにも予想外だったのだろう。美しい顔立ちに困惑の色を浮かべるディランに、エイヴリルはさらに満面の笑みを向けた。

「その契約結婚、喜んでお引き受けいたしますわ」

「……君はどうしてそんなにうれしそうなんだ。三年が経ったら、傷物としてこの家から放り出されるんだぞ？」

「あら。公爵様こそ、どうしてそのようなことをお気になさるのです？　この契約書を作成なさった時点で織り込み済みでは」

　おっとりと首を傾げるエイヴリルに、ディランは理解できないという表情を向けてくる。

「これは淑女にとって屈辱的な契約と理解している。顔色を変えずにこんな契約を申し入れる私のことをひどいと思わないのか」

「ええと、私がこれまでに出会った中ではトップクラスに優しいほうです」

「は？」

「いえ何でもありませんわ」

（いけない、また余計なことを）

　思ったことをそのまま口にしてしまうことがあるのはエイヴリルの悪いくせだ。慌てて口を引き結び、ニッコリと微笑む。

　とにかく、この契約は生きていく資金と自由のどちらも欲しいエイヴリルにとっては願ってもないものである。

　そうと決まれば、目の前の美貌の公爵様の気が変わる前に早急に締結せねばなるまい。

「と、とにかく契約書を拝見いたします。声に出して読み上げてもよろしいでしょうか」

「好きにしろ」

許可をとったので、エイヴリルは早速契約書を読み上げる。

「一、二人は婚姻誓約書を提出し婚姻を結ぶが形式上の夫婦となる」

「契約結婚とはいえ、婚姻誓約書の提出はしてもらう」

「当然ですわ。問題ありません」

一つ目の項目は至極まともなものだった。しかし、問題は次からだった。

「二、妻はランチェスター公爵家の品位を保つための活動に協力する。それ以外は妻として振る舞う必要はない……？」

目を瞬いたエイヴリルに、ディランは事もなげに告げてくる。

「そのままの意味だ。公爵夫人としての役割があるとき以外は好きに過ごしていい」

「な、なるほど」

どうやら、これは本当に恵まれた契約らしい。心の中で感謝し手を組んだエイヴリルは、続きを読み上げる。

「三、部屋は別に持ち、お互いの行動に干渉しない」

「君の素行の悪さは聞いている。遊びまわるのも自由にしてもらって構わないが、この三年間だけは遊び相手の婚約者に訴えられるのはやめてもらいたい」

「素行の悪さ……？」

(私って……素行が悪かったかしら)

エイヴリルが首を傾げると、ディランは心底不思議そうな視線を送ってくる。

「……仮面舞踏会」

「！　そうでした仮面舞踏会ですね！　行きます行けます行ったことありますわ」

(そうだったわ！　公爵様は私を悪女だと信じていらっしゃる。悪女・エイヴリルだと)

誤解されたままでいても特に困るようなことはないし、別に今ここで弁解しなくてもいいだろう。

そう納得したエイヴリルは、残りの二項目を続けて読み上げた。

「四、結婚式は然《しか》るべきタイミングで行い、妻はそれに協力する。
五、三年が経ったらこの契約は満了とする。その際には妻に相応の慰謝料を支払う」
一通り内容を確認したエイヴリルは改めて目を丸くした。

(こんなのどう考えてもおかしいわ。私にとってはいいことだらけ……！)

「あの、これ……私に都合が良すぎないでしょうか」

「は？　どこがだ。よく読んだか？　公爵夫人として嫁がせておきながら、何の権力も名誉も与えず、三年間も飼い殺しにする契約書だ」

「…………」

(確かにそうかもしれないけれど……)

エイヴリルは、手元の温度を感じない文字ばかりの契約書と、目の前で整った顔を引《ひ》き攣《つ》らせているディランを交互に見比べる。そして微笑んだ。

「あの、公爵様は……とてもいい人ですね」

「は？　俺が？」

ディランの顔には「君は一体何を言っているんだ」と書いてある。相当に驚いたらしく、貴公子らしい言葉遣いが崩れていた。

とにかく、この契約内容は資金を得つつ自由に生きたいエイヴリルにとって願ってもないものだ。公爵様の気が変わらないうちにとっとと締結してしまうべきだろう。

サラサラとサインを終えたエイヴリルは、契約書をディランに手渡す。

そして、一つだけ疑問を思い出した。

（そういえば、さっきエントランスのところで「素行の悪さを買って縁談の申し入れをした」というようなことを仰《おっしゃ》っていたけれど……どういうことなのかしら）

「あの、公爵様。伺ってもよろしいでしょうか」

「何だ」

「もしかして、『悪女のエイヴリル』に結婚を申し込んでくださったのは、離縁前提だからですか？　悪女の私なら、社交界での評判はこれ以上落ちようがないですものね。むしろ、元公爵夫人を名乗ることで新たな道が開ける可能性もありますし」

「……君は遠慮というものを知らないのか？」

ばつの悪そうなディランの笑みに、エイヴリルは自分の推測が当たっていることを知った。

（……ええと、つまり私って……）

(悪女じゃないとわかったら、アリンガム伯爵家に送り返されるか、ここから追い出されて一文無しになるのでは!?)

無事に契約を結んだエイヴリルには、離れの部屋が与えられることになった。

「ここは何でしょうか……?」

「エイヴリル様のお部屋です」

「わ、私の!?　ここが……ここがですか!?」

温度を感じさせないメイドの返答と目の前の光景に、エイヴリルは目を瞬く。

ランチェスター公爵家のお屋敷がほぼお城だったことに衝撃を受けたエイヴリルは、自分の部屋が離れだと聞いて甚《いた》く安心したところだった。

これまでアリンガム伯爵家の使用人部屋で質素に暮らしてきたエイヴリルには、真っ白いお城は眩《まぶ》しすぎて落ち着かない。しかし。

(別棟なら質素だろう、と想像した私が浅はかでした……)

目の前の煌びやかすぎる建築物に、エイヴリルは遠い目をしていた。お城である母屋同然の豪奢《ごうしゃ》な造りに、華やかな調度品。

(このお屋敷に到着して門をくぐったときには、この建物は隣の方がお住まいのお城なのだと思っていたわ……まさか、離れだったなんて)

「あの、ここって、宮殿では？」

「いえランチェスター公爵家の歴史ある別棟以外の何物でもありません」

ぽかんとしているエイヴリルに、メイドはぴしゃりと言い放ちすたすたと歩いていく。エイヴリルは、慌ててその後を追う。

ちなみに、エイヴリル付きの侍女として来たはずのキャロルは姿を消していた。エイヴリルのために動くのではなく、ランチェスター公爵家の使用人と関係を深めたいのだろう。きっと、母屋でさりげなく馴染《なじ》んで仕事をしている気がする。

彼女の不安もわかるエイヴリルは、それを放っておくことにした。

それよりも、問題はこの豪華すぎる住まいである。

（磨き上げられた大理石の壁！　庭仕事をした後の泥だらけの靴では歩けない床！　ぶつかって割ったら支度金が消える壺《つぼ》！）

自室に案内されるまで、ずっときょろきょろしていたエイヴリルに、案内係のメイドはわずかに怪《け》訝《げん》な顔を見せる。

「……こんなところ、エイヴリル・アリンガム様ならいつも出入りされているのではないですか」

「……！　そ、そうだったわ！　そうです、こんなの慣れっこなのです」

金銭的に余裕がないアリンガム伯爵家は質素なものだったが、夜遊びの場はたいていどこかの貴族の館と決まっている。

コリンナも怪しげな招待状を手に、夜な夜な屋敷を抜け出していた。

（いけない。私は悪女・エイヴリルになるって決めたんだったわ……！）

ディランは、三年後に家を追い出されても『傷物』にならない令嬢を探していたらしい。つまり、自分がそうでないと知られてしまったらあの契約は無効になってしまう。

どうしてもそれだけは避けたいエイヴリルは、悪女になりきると決めていた。

（アリンガム伯爵家に戻るのは絶対に嫌。追い出された後一人で生きていくには、相当な資金がいるわ。それに……私に良くしてくれたキーラたちのことも何とかしたい。そのためには、悪女として契約を完璧に履行しないといけない……！）

ついさっき固めたばかりの決意を反芻《はんすう》していると、メイドが面倒そうに告げてきた。

「旦那様は、この離れを好きに使うようにとの仰せです」

「好きに!?　全部でしょうか!?　この夢のような場所を!?」

「……はい」

一体何を言っているんだ、というメイドからの冷たい視線に耐えた後、エイヴリルは話題を変えることにする。自分が知っている悪女の知識では、この話題に対応しきれない。

（私は、殿方に貢がせて一夜の遊びをくり返すコリンナのような悪女。コリンナは、きっとこの状況になったら喜んでも驚きはしない……）

「あの、もしかして、普段は前公爵様がこちらの離れでお過ごしなのでしょうか。今は狩猟シーズンだからいらっしゃらないだけで」

「いいえ。大旦那様はずっと領地にいらっしゃいます。そちらに愛人の方々がお過ごしの離れを建てていらっしゃいますので」

「あ、愛人の方々が過ごす離れ」

エイヴリルの脳裏に楽園のような光景が思い浮かんだ。

なるほど、『辺境の地で暮らす好色家の老いぼれ公爵閣下』とは前公爵のことのようだ。メイドの口振りからは、その離れもまたこのような宮殿だということが窺《うかが》える。

（よかった。公爵様……ディラン様はやはりまともなお方のようね）

改めてホッとすると、ずっと無表情を貫いてきたメイドがわずかに感情を滲《にじ》ませた。

「旦那様からはエイヴリル様の素行に口出しするなと仰せつかっております。しかし、私たち使用人は旦那様の目に入るところでそのような遊びをしてほしくありません」

「……ええっと、あの？」

「ランチェスター公爵邸にほかの殿方を招き入れることはできる限りお控えください。せめて、旦那様のご不在中にお願いします」

「…………」

その意味をエイヴリルが理解して答える前に、メイドはバタンと音を立てて扉を閉め、出ていってしまった。

その扉を見つめながら、エイヴリルは呟《つぶや》く。

「私に、コリンナと遜色ない悪女としての振る舞いができるのかしら」

コリンナはどこからどう見ても素晴らしい悪女だった。夜遊びの場ではエイヴリルの名前を使っていたところまで抜け目なく完璧である。

（少し不安はあるけれど）

「でも、契約したのだもの。私は完璧な悪女として振る舞ってみせるわ……！」

――エイヴリルが悪女になりきる場は、すぐ翌日にやってくることになる。


「どう考えてもおかしいだろう」

エイヴリルが到着した日の夜。

書斎で執務をこなすディラン・ランチェスターはどうしても腑《ふ》に落ちないでいた。

（アリンガム伯爵家の令嬢は悪女だと聞いていた。しかし、決してそんなふうには見えなかった）

「今日の到着には同席できませんでしたが……そんなにおかしなことがあったのですか」

ディランの傍らで目を丸くしている赤みがかった茶髪の青年は側近のクリス・ブロンテである。

まだ二十歳と若いが、ディランからの信頼が厚く、ランチェスター公爵家では片腕として知られた存在だ。

クリスを前にディランは考え込む。

「ああ。彼女は噂と随分違っていた」

「ディラン様もお噂とは相当に違いますが」

「あれは前公爵に関わるものをわざとそのまま否定せず流している。その方が、縁談に煩わされなくていい」

「それはその通りですね。ディラン様は離縁後も本当のご結婚はされず、親戚筋から養子をとる予定ですしね」

「まあ、その話は今はいい」

クリスから視線を外して、ディランは続ける。

「それよりも問題はエイヴリル嬢だ。相当な悪女だという噂だったが、言動は極めて常識的で、身のこなしもよく教育を受けた貴族令嬢のそれだった」

「随分と喜ばしいことで。でしたら、問題を起こさずにお過ごしいただけるのではないですか」

「それはそうだが……この結婚を受け入れたのには何か理由がある気がするな」

エイヴリルに結婚の申し入れをしたのはわずか数日前のこと。にもかかわらず、あっさりとありえないスピードで嫁いできたことにも、ランチェスター公爵家の面々は困惑気味だった。

急に声を落としたディランに、クリスは手元の資料をめくる。

「事前にお調べしたエイヴリル・アリンガム嬢は……ええと、ピンクブロンドに碧い瞳で、仮面舞踏会をひっかきまわしては男をとっかえひっかえ……失礼、多重交際と婚前交渉をくり返し、周囲の人間関係をめちゃくちゃにし、表面上は天使のようですが実際は使用人にもつらく当たる悪女、と。今回は運悪く遊び相手の婚約者に関係が知られ、多額の借金を作って追い出されたようです。終始一貫してまるで悪女のお手本のようですね」

「……まさか彼女がもう一人いるかのような違いっぷりだな。彼女は双子か」

「いえ、妹がいると聞いていますが双子では」

「……」

「……」

ディランにとっては軽い冗談のようなものだったが、決してありえなくはない予想に二人の間に微妙な沈黙が流れた。

それほどに、ディランにとってエイヴリルの振る舞いは不審すぎたのだ。

「その事前調査通りであれば、あんなに屈辱的な契約を一方的に申し入れられたら憤慨するものと思っていたが。だからこそ、秘密を守らせるため離れを与えてこれ以上ない厚遇にした」

「そうだったのですか。……ただのディラン様の優しさだと思っておりました。あなたは心底お優しい方ですので。嫁いできた女性を邪険に扱うなど向かないのでは」

「黙れ」

ディランは決まりが悪そうにクリスを睨《にら》み、続けた。

「クリス。念のため、明日からそれとなくエイヴリル嬢の行動を注視してもらえるか。気になることがあれば逐一報告しろ」

「承知いたしました。困ったことがあればお助けいたしますね」

「……そこまでは言っていない」

空気を読みすぎる嘘《うそ》っぽい笑顔の片腕に、ディランはため息をついた。

第三章◆悪女、はじめました

次の日。エイヴリルが住むことになった『宮殿』には素晴らしい朝が訪れていた。

エイヴリルの食の好みは少し変わっている。

もちろん、一般的においしいと言われているものは当たり前においしいと思えるのだが、少し固くなってしまったパンや伸びて柔らかくなったパスタ、冷めて脂が固まりつつあるスープなども好きだ。

なぜかというと、これまでの人生では家族での食事に同席させてもらえなかったからにほかならない。

子どもの頃、エイヴリルに定められた食事の時間は皆の食事が終わった後だった。誰もいないダイニングルームで一人、冷めきった残り物で構成された食事をとってきた。

少し大きくなり使用人として扱われるようになってからは、キャロルたちと一緒に賄いを食べられるようになった。

けれど、どういうわけなのか大体食事直前のタイミングで用事を言いつけられるため、できたてを食べられたためしがない。

ということで、今、目の前にある朝食メニューもエイヴリルにとっては普通にごちそうだった。

「古くなって固くなったパンを焼いてさらに固くしたもの、冷めきったコーンスープ……。あら、オムレツに具が入っているわ！」

　アリンガム伯爵家では、コリンナの指示でエイヴリル用のオムレツは使用人の分の中でも最後に焼かれていた。よって、運が悪いと具材がなくなってしまう。

　料理長がエイヴリル用の卵を死守してくれていたので卵料理がないことはめったになかったが、わずかでも具が入っていればごちそうである。

（こんなに素敵な宮殿で、こんなに豪華な食事をいただけるなんて……公爵様、ありがとうございます）

　胸の前で指を組むエイヴリルは、この仮住まいのことを心の中で『宮殿』と呼ぶことにしていた。目を瞑り、ディランにありがたく感謝してから食事に手を伸ばす。

「おいしいわ。パンの固さが私の好みにぴったり……！」

　目を輝かせ、一般的に見れば出来損ないの朝食を食べるエイヴリルを、少し離れた場所から呆気《あっけ》にとられた様子で給仕担当のメイドが見守っていた。

　昨日、「ほかの殿方を招き入れることはできる限りお控えください」とエイヴリルの素行に釘《くぎ》を刺したメイドである。

　アリンガム伯爵家からエイヴリル付きの侍女として送り込まれたはずのキャロルは今日もいなかった。母屋で新天地での良き生活を送ってくれていたらいいと思う。

　顔を強張《こわば》らせて自分を凝視するメイドに気がついたエイヴリルは、パンを置いて声をかける。

「あの、あなた、お名前は何と仰るのでしょうか」

「な、名前ですか？」

「ええ。これからも、この宮殿……じゃない、離れのお世話を担当してくださるのですよね。でしたら、お名前でお呼びしたいのです」

「はぁ。グレイス、と申します」

「グレイス。今日の朝食、とてもおいしいです。私はこれくらいの固さのパンが大好きで……もしかしてご存じだったのでしょうか」

「……は？」

「さすが公爵家ですわね。客人の好みまで熟知していらっしゃるなんて」

「……は？　えっ？」

「グレイス、あなたのような方が側についてくださるなんて、本当にありがたいです。これからどうぞよろしくお願いいたします」

「……!?」

　グレイスは何かに相当驚いている。けれど、エイヴリルには意味がわからない。

（私は何かおかしなことを言ったのかしら）

　首を傾げながら、エイヴリルはとりあえず豪華な朝食を堪能《たんのう》する。具入りのオムレツはしっかり焼いてあって冷めてもおいしいし、ドロリとしたコーンスープは食感も味も好みだ。

　その中で、エイヴリルは異質の存在感を放つあるものに目を留《と》めた。

「まぁ、デザートに果物がついているわ……！」

食後のデザートは贅沢。ということで、エイヴリルにとっては夢のような存在である。

けれど、今日はデザートボウルにキウイフルーツが丸ごとゴロンと転がっていた。

厨房《ちゅうぼう》の手伝いで、キウイの皮を剝《む》いたことは幾度となくある。けれど、食べたことはなかった。

（なんてありがたいの……！）

エイヴリルは食事用のナイフを手に取ると、器用にキウイの皮をくるくると剝いた。身を厚く削ってしまっては、抜き打ちで厨房を見に来た継母に怒鳴られてしまう。

いつも通り、皮を薄くつるんと剝きあげた。それを一口大に切ると、デザートボウルに並べてフォークで刺し口に運ぶ。みずみずしい甘さと鼻に抜ける爽やかな酸味に、思わず声が出る。

「甘くておいしいです……！」

がちゃんと音がした。

見ると、グレイスがカトラリーをトレイごと落としたところだった。その姿に、エイヴリルはやっと思い出す。

（そういえば、私は悪女なのだったわ）

忘れていた。この家を追い出されないため、悪女として相応の振る舞いをせねばなるまい。

悪女であるコリンナに怒られたことなら何度もある。その辺は経験豊富だった。

フォークを置くと、グレイスをキッと睨みつけた。

「あの。このデザート、どういうことでしょう？」

「……どういうこと。とは？」

エイヴリルはこれから言いがかりをつける予定なのだが、なぜかグレイスがほっとした様子に見えるのは気のせいだろうか。

とにかく、コリンナの日常を思い出すと叱責は悪女としての嗜《たしな》みで間違いない。誰も見ていないところでやるのがより高度なテクニックだろう。そう確信して、エイヴリルは口を開いた。

「料理用のナイフを準備しておかないなんて！　ほんの少し、切りづらかったですわ！」

「!?　そこですか！」

何か間違ったらしい。目をこれでもかと見開いて固まるグレイスの姿に、途端に罪悪感が込み上げる。すぐに謝りたい。

「あの……実家では、フルーツは皮を剝いて出すものでしたので……。王都では、こんなふうに食事用のナイフで剝いて食べるものなのですね。私が勘違いを。大変失礼いたしました」

「……!?」

怒ったわずか数秒後、いきなりしゅんとしたエイヴリルの姿に、グレイスはぱちぱちと瞬き、挙動不審なままダイニングルームを出ていってしまった。

それを見送りながら、エイヴリルはいたたまれない気持ちになる。

（悪女になりきるのって、少し難しいですね……！）

昨日、到着時に応接室で出された紅茶は冷めきっていた。

しかし、今朝の食後にグレイスが出してくれた紅茶には湯気が漂っていた。

「今度、茶会がある」

食後、呼び出しを受けて書斎を訪ねたエイヴリルは、ディランの言葉に目を瞬いた。

「茶会って、あの、お茶会ですよね。皆で社交を楽しむ」

「ああ。君が出入りする夜のお茶会ではなく昼間のガーデンパーティーだ。君がどんなドレスを好むのかは知らないが、ランチェスター公爵夫人として相応《ふさわ》しいドレスを選んでほしい」

（なるほど。これは、契約書の『ランチェスター公爵家の品位を保つための活動に協力する』に関わるものね）

しっかり務めなければ、とエイヴリルは拳を握る。

「かしこまりました。お任せくださいませ」

「今回の茶会までには一から仕立てる時間がない。今から街に行って選んできてくれるか」

「は、はい」

（では、お茶会の会場と出席者の方々を調べて、その場に一番相応しいドレスを選定しましょう……、って、そうではなかったわ！）

こくこくと頷いたエイヴリルは、ハッと我に返る。

アリンガム伯爵家では、そういった下調べはエイヴリルの仕事だった。

継母はエイヴリルの祖母があからさまに嫌うほどに無教養だったし、父親もそれを咎《とが》めることはなかったからだ。

だからいつも通り……と思ったのだが、ここにいる自分は悪女だ。

正解の立ち居振る舞いはきっと期待されていないし、何よりも悪女のお手本であるコリンナのクローゼットには露出を抑えたドレスなどただの一着もなかった。

そうなると、エイヴリルの選択肢はおのずと定まってくる。

(お買い物は、コリンナの好みを熟知したキャロルと一緒に行きましょう……！)

悪女になりきるための決意を固めていると、目の前に人好きのする笑顔の男性が立った。

「お供いたします。エイヴリル様。私はクリスと申します。荷物持ちでも小間使いでも、何でも私をお使いくださいませ」

「クリスさん。ご面倒をおかけいたしますがどうぞよろしくお願いいたします」

淑女の礼をするとクリスは目を見開く。それを見て、エイヴリルはしまった、と思った。

(違ったわ。私は悪女。コリンナなら……ええと)

「クリス。に、荷物持ちに……期待しています」

「……っ、なるほど。はいはい」

クリスはなぜか笑いを堪えている。使用人仲間だったら仲良くなれそう。そんな考えがエイヴリルの頭をよぎったものの、今のところ叶うはずがない。

エイヴリルは街のドレスショップへとやってきていた。傍らには、あっという間に母屋の使用人として馴染んでいたキャロルがいる。

(こ……これは……)

口をぽかんと開けたエイヴリルの前には、胸元が広く開いたキャミソールのような形のドレスが飾られていた。

スカートには太腿《ふともも》までの深いスリットが入っていて、色も真っ赤。見ているだけでダメだ。赤面してしまう。

「キャロル。コリンナって……こういうドレスが好きだったわよね……」

「……そんなに赤い顔で恥ずかしそうにするぐらいなら、手に取るのは諦めたらいかがですか。エイヴリル様には向こうのお行儀がよくて質素なドレスがお似合いですよ」

キャロルがやる気なく指差した先には、淡い青の長袖のドレスが飾られていた。

飾りは最低限なものの、上質な生地を使っているとひと目でわかる。

それでいて細部の刺繍は細やか。明らかに『公爵夫人』にふさわしいドレスだった。

(確かにそうだけど、それじゃあ……だめなのに……!)

エイヴリルは、コリンナをお手本にした悪女なのだ。

今度のお茶会のドレスも、ランチェスター公爵家の品位をギリギリ落とさずに、ほどよく悪女っぽいものを選ぶ必要があった。

そもそもアリンガム伯爵家を出たとき、エイヴリルに持たされたドレスは数着だけ。

ちなみに、もしドレスを公爵家であつらえてもらったら、コリンナの好みのものを選んでアリンガム伯爵家に送るように言い付けられている。

もちろん従う気はないけれど。

お目付け役と思われるクリスが離れた場所にいることを確認してから、エイヴリルはキャロルにそっと聞いてみる。

「この真っ赤なドレスって、コリンナが好きよね、きっと」

「ええ、コリンナ様は間違いなくお好きですね。ちなみにもしこのドレスを買うなら、あなたが袖を通す前にコリンナ様に送ります」

「まぁ」

キャロルはエイヴリルではなくコリンナの味方だ。

どうやら、無理に悪女っぽいドレスを購入したとしても袖を通すチャンスはなさそうである。

（それなら……）

作戦を変更しなければいけない。

（悪女っぽいドレスを買うのは諦めるとして……とにかく、悪女らしくお金をたくさん使って帰りましょう）

そうと決まれば話は早い。このお店にある高いものと言えば、宝石だ。

「ジュ、ジュエリーはあるかしら」

「はい、こちらに」

エイヴリルの一声で鍵のかかったジュエリーケースが運ばれてきた。

店員が恭しい手つきで鍵を開け、中からジュエリーを取り出して台の上に並べていく。

（な、なにこれ……！）

当然、これまでの人生でエイヴリルは宝石の類を手にしたことがない。

こういうものは、全部継母とコリンナのために存在するのだ。エイヴリルはわりとつい最近まで本気でそう思っていた。

（すごいわ……こんなに美しい石を間近で見たのは初めて。透き通っていて綺麗な色で……デザインも素敵だわ）

エイヴリルがベルベットの布の上に等間隔に置かれたジュエリーを目を輝かせながら眺めていると、背後からクリスに話しかけられた。

「どれでもお好きなものをどうぞ。ディラン様からは、エイヴリル様がお気に召したものはすべて購入するように言われていますので」

「な、なんという贅沢……ではありませんわ、当然のことね」

「ええ。男性から贈り物を頻繁に受け取っているエイヴリル・アリンガム様にとっては、いつものことでしょう」

「！」

これはクリスの手前、一歩も引けなくなってしまった。

エイヴリルは横目でちらりと値段を見ようとする。けれど、どこにも値札が見当たらない。

（こういう高級品には値札がないのね……！　お金をたくさん使うといっても、一番お手頃なものを購入してお茶を濁そうと思ったのに！）

　ひっくり返して値札がないか確認したいところだが、恐れ多くてエイヴリルには触れることすらできなかった。

　接客のために至近距離から笑顔で見つめてくる店員と、背後で見守ってくれているクリスの視線が痛い。

（少し、冷静になって考えてみましょう）

　ゆっくりと息を吐き、頭の中を整理する。

　ジュエリーケースに並んでいるのは、どれもネックレスだ。

　落ち着いてよく見てみると、その中のいくつかには見覚えがある。

（ええっと……そうだわ。さっきは美しさに夢中になってしまって気がつかなかったけれど、このジュエリーに使われている石は本で見たことがある。これもこれも、全部特定の場所でしか採れない希少価値が高いもの。こちらなんて、鉱山が閉山していてもうこれ以上増えることがない貴重すぎるものだわ）

　要は、この中で一番価値が低いものを選べばいいだけだ。チェーンの素材が同じなら、ネックレスの価値は石に左右される。

　まじまじとジュエリーを凝視していたエイヴリルは、あることに気がついた。

（あら、これって）

その中の一つ、パパラチアサファイアが使われたオーソドックスなデザインのネックレスに目が留まる。エイヴリルは、オレンジ色が少し濃いめで明るい印象のその石を見たことがあった。

　しかも、ネックレスごとである。

（これはお祖母様のものだわ……！）

　その事実に気がついて、エイヴリルはネックレスを思わず手に取ってしまった。どこか温かい感じがするその石を眺めながら、脳裏に亡き祖母の姿を思い浮かべる。

　祖母はこのネックレスがお気に入りだったのだろう。エイヴリルの心の中にいる祖母は、いつもこのネックレスを身につけていた。

（お母様とお祖母様の形見は、お父様によってすべてお金に換えられてしまったのよね。こんなところで出会えるなんて、夢みたいだわ）

　懐かしさでじっと眺めているエイヴリルに、店員が教えてくれる。

「そちらは十数年前にオークション経由で当店に入荷し、長期間眠っていたものです。この中にはヴィンテージジュエリーが二つありますが、その一つがこちらです。状態が良好で、使われているパパラチアサファイアも大きく貴重なものです」

　ということは、価格も相当に高いのだろう。間違いなく、この場で選ぶわけにはいかない。

　後ろ髪を引かれつつエイヴリルはネックレスをジュエリーケースに戻した。

（いつかこれを手にしたいけれど……離縁後は自分の力で生きていく私には到底手にできない代物だわ。お祖母様の形見とはここで出会えただけでよかった。幼い頃にかわいがってくださったお祖

母様に再会できた気分だわ。本当は私が持っていたいけれど……）

「エイヴリル様、そちらになさいますか？」

「……いいえ。これは買いませんわ」

クリスの問いに、エイヴリルは後ろ髪を引かれる思いで祖母のネックレスから視線を外した。そうして、気持ちを入れ替え背筋を伸ばす。

アリンガム伯爵家では無能と言われたエイヴリルだったが、自分の記憶力の良さはわかっている。この中で一番お手頃な値段のジュエリーの目星がついた。

一つだけ、本で見たことがない宝石のついたジュエリーがあった。しかも使われている石は真ん中に一つだけで、ほかに比べてデザインも質素だ。

（うん。これは宝石の本に載っていなかったわ。とても綺麗だけれど、きっとお安いはず）

いくら『悪女』として浪費しないといけないとしても、エイヴリルは契約上の花嫁だ。三年後にランチェスター公爵家を出ていくときに「浪費した分を慰謝料から差し引く」なんて言われたら困ってしまう。

そうならないために、細心の注意を払わなければいけない。

無事に決断したエイヴリルは、にっこりと微笑んでそのネックレスを指差す。

「あの、ではこれをいただこうかしら」

「こちら……でございますか」

「ええ。支払いはランチェスター公爵でお願いね」

余裕たっぷり、悪女っぽく言えた気がした。すると、店員の瞳がキラキラと輝く。

「お客様はさすがお目が高い」

「え？」

「そのネックレスは、この店で一番高価なものです。石は小さいですが、宝石や鉱物の図鑑にも載らないほど希少価値の高い一点もので。前の持ち主は大富豪の方で、長く保管されていたため市場に出回るのは極めて珍しいのです」

「……!?」

(そんなことって、ある……!?)

悲鳴にならなかっただけ褒めてほしい。目を白黒させているエイヴリルを、満面の笑みのクリスが見下ろしてくる。

「エイヴリル様、何か問題でも？　よい贈り物ができて、ディラン様もお喜びになるでしょう」

「いえ、あの。……そうね。私にぴったりのジュエリーだわ」

(って全然良くないわ……！　三年後に貰《もら》える慰謝料が減らされたら、どうしたらいいの……！　一人で細々と生きていくだけならいいけれど、キーラやアリンガム伯爵家でお世話になった皆に恩返しができなくなるわ)

　蒼くなっているエイヴリルを無視して、クリスは店員に指示を出す。

「お姫様のお買い物が終わったようですので、ついでに向こうの青いドレスも一緒にお願いします。きっと彼女に似合いますから」

「えっ？　それなら、あの露出の多い赤いドレスの方が好みですわ……！」

何とか悪女の設定を続けたいエイヴリルに、クリスは聞いてきた。

「ご無理はなさらない方が賢明です。あの赤いドレスを本当に着られますか？」

「…………」

無理に違いない。というかもし赤いドレスにしたら、お茶会の前に間違いなくコリンナに送られてしまうだろう。

「えっと……着る前に消えてなくなる気がいたします」

「？　よくわからないですが、青いドレスにしておきましょうね」

（いけない、また余計なことを）

たまに本音が零《こぼ》れてしまうのはエイヴリルの悪いくせだ。

そして、口を押さえながらつい数分前の自分の判断を呪う。

（一番高額なジュエリーを購入することになるのなら、お祖母様のネックレスを選べばよかった……！）

本当に悪女ならばここでジュエリーをもう一つねだるべきだったが、あいにくエイヴリルにはそんなことを思いつけるはずがない。

とにかく、こうしてエイヴリルの悪女としてのお買い物は散々な結果に終わったのだった。

買い物を終え、クリスにお礼を言い、ネックレスに後ろ髪を引かれつつ部屋に戻ったエイヴリルは疲れ果てていた。

（なんだか疲れてしまったわ。でも、お祖母様のネックレスに会えただけでもよしとしましょう）

お風呂にでも入りたいなとバスルームを覗《のぞ》いてみると、親切にもバスタブにお湯が張ってあった。

きっと、帰る時間を想定して準備しておいてくれたのだろう。

（まぁ、なんて素敵なの！　公爵家のメイドの方は本当に気がきくのね……！）

屋敷に到着すると同時にまたしてもキャロルは姿を消してしまった。

自分が仕える相手はエイヴリルではない、と行動で示しているようでいっそ清々《すがすが》しい。

それはともかくとして、バスタブに手を入れてみる。

しっかり冷たかった。

「ボイラーが故障しているのかしら。ううん、きっと私が帰るのが遅いから、お湯が冷めてしまったのね」

アリンガム伯爵家にいた頃、エイヴリルの入浴場所は使用人専用のバスルームだった。

けれど、コリンナの入浴の準備はこれまでに何度となくこなしてきた。

だから、冷めてしまったバスタブのお湯の温度を上げることなど造作もない。

「厨房に行って熱いお湯をいただいてきましょう。何度か往復すれば、すぐに適温になるわ」

早速、エイヴリルが厨房で用件を伝えると、料理人はギョッとしながらお湯を沸かしてくれた。

それを、使用人たちにジロジロと見られながら自分の部屋に運ぶ。

（やっぱり、高級なお店でのショッピングよりもこうして動いている方が落ち着くわ）

何度目か、自室に続く階段を上ろうとしたところで。

エイヴリルは、階段の上で呆気にとられているメイド――グレイス、の姿を見つけた。

「エ、エイヴリル様。一体、何を……」

「ええ。お風呂に入ろうと思って。バスタブのお湯が冷めてしまっていたから、熱いお湯を運んでいるところなの」

「バスタブに水が張ってあった!?　それは、大変申し訳」

なぜか謝ってくるグレイスに、エイヴリルはにこりと微笑みかける。

「いいえ。私のお買い物に時間がかかって帰るのが遅くなってしまったのが悪いの。気にしないで」

「……決してそのような理由ではないと思います。今日のエイヴリル様のお部屋の担当は別の者でして。注意しておきます。この続きは私が」

「あら、大丈夫よ？　このお湯を入れたら、そろそろちょうどいい温度になると思うの！」

エイヴリルは上機嫌で、湯気を上げるあつあつの熱湯が入ったバケツを掲げた。

ついこの間までアリンガム伯爵家の使用人扱いだったエイヴリルは、自分の行動が公爵夫人としてはおかしなことになかなか気づけない。

その証拠に、目の前のグレイスは初日の仏頂面が嘘のように動揺している様子だった。グレイスは少し考え込んだ後、遠慮がちに告げてくる。

「……エイヴリル様は……お噂とは随分違いますね」

「！」

（……いけない。コリンナは、こんなふうに自分でお風呂の支度をすることはなかったわ！）

今さら気がついても後の祭りである。

少し考えればわかるものを、しみついた長年の使用人としての振る舞いは正常な判断をさせてくれなかったようだ。

（ど、どうしましょう……）

そう思ったところで、手元が急に軽くなった。

「一体、何をしている」

「だ、旦那様……！」

顔を青くして叫んだグレイスにつられて振り向くと、そこにはなぜかディランがいた。

たった今までエイヴリルが手にしていたバケツを持ってくれている。

（ディラン様はバケツを持っていても絵になる人ですね）

エイヴリルが感心すると、彼は不機嫌そうに片眉を上げた。

「……私の妻となる女性は、どうして熱湯の入ったバケツを抱えているんだ？」

「あら、あのこれそんなに重くは、」

「そういう問題じゃない。説明しろ、グレイス・フィッシャー」

エイヴリルの言葉を遮ったディランは呆《あき》れた顔をしている。

フルネームを呼ばれたグレイスは真っ青になって謝罪を口にした。

「も、申し訳ございません。私どもが至らず」

「……エイヴリル嬢。今朝の身支度は誰がしたんだ？　君がここに連れてきた侍女はどうした」

（ええと）

急に目を眇《すが》めたディランから、エイヴリルはそっと目を逸《そ》らす。

きっと、エイヴリルの身支度がいまいち整っていないことを言っているのだろう。

けれどこれまでの人生でエイヴリルは身支度を誰かに手伝ってもらった記憶はないし、むしろ継母やコリンナがドレスを着るのを手伝う側だった。

記念すべき公爵家での悪女として迎える初めての朝――つまり今朝、エイヴリルのことを起こしに来た者は誰もいなかった。

ということで外出のために自分で着替え、適当に髪を梳《と》かした。

行き先は街のドレスショップと聞いていたので、特に丁寧に準備して悪女っぽく口紅も引いた。大満足の仕上がりだった。

（恐らく……公爵様はメイドたちが私の世話を怠っているのでは、と心配してくださっているのですよね）

ちらり、とディランの表情を窺う。

熱湯が入ったバケツを持った彼は、何となく怒っている気がする。きっと、雇用主として使用人が職務を怠けているのではと疑っているのだろう。

自分の身支度がいまいちだったせいで誰かが怒られるなんて、エイヴリル自身もいたたまれない。

（こんなとき、コリンナならどうするかしら）

同じシチュエーションにコリンナがいることはまずありえない。けれど。

（私の悪女としてのお手本・コリンナなら、きっと誰かのせいにして逃げるわ）

あっさりと思い至ったエイヴリルは、ディランの涼しげな瞳を見上げた。

「……公爵様。そういえば私、まだ支度金をいただいていません」

「は？」

「支度金です。嫁ぐだけでいただけると聞いていたのに、一体どうなっているのでしょうか」

一瞬でエイヴリルが考えたのは、話を逸らす手段だった。

誰かのせいにする——ディランもしくはグレイス、その他ドレスショップに付き添ってくれたクリスにお湯を沸かしてくれた料理人の顔まで思い浮かんだのだが、着せる濡《ぬ》れ衣《ぎぬ》までは思いつかなかった。ちなみに、キャロルのことは思い浮かばなかった。

けれど、正解だったらしい。ディランはグレイスへの追及を諦めてバケツを置き、胸ポケットから手帳とペンを取り出した。

「確かにその通りだ。すぐに小切手の手配をする」

「あっ！　そ、それでしたらいつでも構わないのです。きちんといただけるとわかっていれば……！」

「……いやいい。結婚に関わる支度はこちらですべて出すつもりだからと、後手に回ってしまった。すまない」

さっきまで、グレイスに向けていたぴりりとした空気が一転して穏やかなものになった。

月の光のような銀色の髪が、ディランの顔に陰をつくる。空色の瞳は真剣そうに手元のペン先を見つめている。それがとても綺麗だった。

（……なんだか、公爵様って）

「やっぱり優しい人なのですね……」

「は？」

「いえ何でもありません」

さっきまで申し訳なさそうだったディランの表情が一瞬で怪訝なものに戻ってしまった。

エイヴリルは、慌てて自分の希望を伝えることにする。支度金の受け取りに関しては考えがあるのだ。

「それよりも、支度金の支払いは、三年後に私がこの家を出ていくときに慰謝料と合わせてお支払いいただくことはできますか？」

「ああ、もちろんだが……それでは支度金の意味が」

「どうかお気になさらず。私の実家はお金を持っていると使ってしまう質《たち》なのです」

この場合、使ってしまうのは父親に継母とコリンナである。

加えて、エイヴリルについてきた侍女のキャロルはコリンナの味方だ。

それをふまえると、多額の支度金はエイヴリルの手元にあるだけで危険だった。

「……わかった。では、必要があればその都度渡すことにしよう。もちろん、君に関わる費用はすべてランチェスター公爵家が負担する。使う機会はあまりないだろうが」

「あ、では早速お願いしてもいいでしょうか？」

「ああ、すぐに」

（よかったわ）

これから話すプランは、身代わりで嫁ぐことに決まった瞬間から考えていたことだった。うまくいきそうで、エイヴリルはほっとする。

「では、アカデミーに依頼してアリンガム伯爵家に補佐を派遣したいのです。ぜひそれに関わる費用を。加えて、可能であれば公爵様のお名前をお借りしたいのですがよろしいでしょうか」

「……もちろんだが、なぜそんなことを？」

「事情により、アリンガム伯爵家と領地はしばらく混乱するでしょう。アカデミーから優秀な方を雇えればいいのですが、恐らく私の実家は手間も費用も惜しむと思います。残念なことですが」

「実家に、支度金を渡すのではなく現物を渡したいということだな。どうしてそこまで」

（しまったわ）

ディランがあまりにもスムーズに話を聞いてくれるので、安心しきったエイヴリルは話しすぎてしまったようだ。

「えっと……思う存分遊びたいのです。誰かをお屋敷に招くのも、夜遊びに出かけるのも、心配ごとが残っていては難しいですから」

慌ててエイヴリルはコリンナの日常を羅列してみる。アカデミーから優秀な人間を雇いたいという希望とは大分矛盾している気はするが、ぜひ気がつかずに放っておいてほしい。

　エイヴリルの話を一通り聞き終えたディランは、少し考え込んだ後で頷いた。

「君の希望はわかった。すべてすぐに手配しよう。アカデミーなら伝手《つて》がある。任せてほしい」

「……公爵様が手配してくださるのですか!?」

「ああ。私は、君の夫となる人間だ」

　ディランがあまりにもさらりと言うので、エイヴリルは目を瞬いた。

（私の『夫』……。私に契約結婚だと告げてきたときの公爵様は、こんなに柔らかな表情だったかしら。お優しい方なのはわかっていたけれど、なんだか）

　何が何だかわからない中、階段の踊り場で固まったままのグレイスがエイヴリルの視界に入る。

（そうだわ）

　さっき、少しだけ感じたことを思い出してエイヴリルは微笑む。

「……公爵様は、使用人の名前をフルネームで覚えておいでなのですね。さっき、彼女の名前を呼んでいらっしゃいました」

「それがどうかしたか」

「いいえ。とても素晴らしいと思います。ぜひ、私もそうしたいと思います」

「……君は一体何なんだ……」

　心なしか、ディランは呆気にとられているようにも見える。エイヴリルの方も、何と答えたらいいのかわからない。

（一体何、って……）

「ええと……実家では無能だと呼ばれておりましたわ。悪女でもありますので、無能な悪女です」

「……『無能な悪女』、だと？」

エイヴリルがにっこりと笑ってみせると、訝《いぶか》しげなディランの声が大理石の壁に響いたのだった。


一方、その頃。

アリンガム伯爵家では、エイヴリルからの送金がないことにコリンナがひどく立腹していた。

「ねえ。一体どうなっているの？　エイヴリルは公爵家に到着したはずなのに……どうしてまだ支度金が振り込まれないのよ！」

エイヴリルが嫁いだことで受け取れるはずの支度金のほとんどは、アリンガム伯爵家の借金返済に充てられることになっていた。

悪女であるコリンナの火遊びがバレたことで至急必要になった資金だったが、実際に請求された慰謝料はごくわずかなもの。

取り急ぎ返済が必要になってしまった借金の多くは以前からのものであり、かつコリンナの火遊びの相手の婚約者は淑やかで強《したた》かな才媛なのだという。

つまり、社交界から居場所を奪うための手段だということは明白だった。

自分の立場を理解していないコリンナは自慢のピンクブロンドをふわりと跳ねさせる。

「お母様。エイヴリルからの振り込みはまだなのかしら。だって、もう三日も経つのよ？『好色家の老いぼれ公爵様』は支度金を渡すのをお忘れなのではないかしら」

「そうよね、コリンナ。エイヴリルはぼーっとした足りない子だし、催促なんてできないでしょう。こんなことになるなら、支度金が振り込まれてから送り出すべきだったわね」

言いたい放題のコリンナと母親に、エイヴリルの父でもあるアリンガム伯爵は神妙そうに手紙を差し出してきた。

「……コリンナ。実は、このような手紙が来ている」

「私に？　どなたからかしら？」

「リンドバーグ伯爵家のアレクサンドラ嬢……お前の遊び相手の婚約者からだ。内容は、コリンナ・アリンガムを侍女として雇い入れてもいい、というものだ」

「はっ？」

父親の言葉に、コリンナは顔を真っ赤にして憤慨する。

「何それ！　あの堅物令嬢が私にそんなこと言ってくるなんて、ふざけないでほしいわ！　これまでにない、絶対に許せない侮辱よ！　お父様、リンドバーグ伯爵家に抗議をしてくださいな！」

「お前はエイヴリルの名を騙《かた》っていたそうだが……アレクサンドラ嬢はその正体がコリンナだと察しているのだろうな」

「そんなことどうでもいいわ。私を侍女に、なんて言い出してくること自体が許せないのよ！」

しかし、コリンナを宥《なだ》める父親の言葉には焦りが滲む。

「エイヴリルなら大人しく支度金を送金するとは思うが……万一、支度金が渡されないなどということになったら、我が家は窮地に陥る。一応、ランチェスター公爵家には支度金の催促の連絡を入れておく」

「ええ、そうしてくださる？　私に働けなんて……しかも、我が家をこんな目に遭わせた女の侍女なんて冗談じゃないわ」

「しかし、コリンナ。リンドバーグ伯爵家は、お前がアレクサンドラ嬢の侍女として仕えるなら借金の返済をこれまで通り分割にしてくれると言っているのだ」

「そんなの知らないわ。だって、うちの借金は私に関係ないもの」

家の懐事情を無視した自分の贅沢を棚に上げ、コリンナは偉そうに顎をしゃくり上げる。それを見た父親はため息をついた。

「今度の件で、アレクサンドラ嬢がお前の遊び相手と婚約を解消することになったのは知っているな。……噂では、アレクサンドラ嬢は王太子殿下のもとに上がることになるかもしれないそうだ」

「……はっ？　それって、あの堅物令嬢と王太子殿下が婚約するってこと？　嘘でしょう？」

コリンナは口をあんぐりと開けた。

この国の王太子殿下は二十四歳。同世代の貴族令息の半分以上が結婚済みにもかかわらず、まだ誰とも婚約を交わしていない。

眉目秀麗な外見と穏やかな物腰は社交界でも人気が高く、地位そのままに高嶺《たかね》の花だった。

むしろ、コリンナとしては仮面舞踏会で王太子殿下に出会いたいぐらいだった。もちろん、そんなことはありえないけれど。

「もう一つ、お前が怒りそうな知らせがある」

「何かしら？　これ以上機嫌を悪くする知らせなんて、思い浮かばないのだけれど！」

「隠しておいても近いうちに知れることだろうから今教えておくが……ランチェスター公爵家は代替わりをし、公爵閣下は老いぼれではないのだそうだ」

「……え？」

驚きでぽかんと目と口を開けたコリンナに、父親は遠慮がちに告げてくる。

「ランチェスター公爵家は社交界にあまり姿を見せないから知らずにいた。しかし、昨日噂で聞いたところによると、ディラン・ランチェスター公爵は二十二歳の青年なのだそうだ。しかも、歳が近い王太子殿下とも親交が深く、お近づきになるチャンスがあると」

話の向きを理解したコリンナは、ふんと鼻を鳴らした。

「あら、お父様。それぐらいで私が怒るわけありませんわ。嫁ぎ先がお金持ちの公爵家でも、あのエイヴリルが大切にされるはずがないし、王太子殿下とも懇意になるのは難しいと思うんです。だって……エイヴリルは、ねえ？　お母様？」

「え、ええ。そうよ。エイヴリルは気持ちが悪い子なのよ。家族からでさえ無能扱いのあの子が、よそで大切にされるはずがないわ」

「…………」

妻と娘の会話を聞きながら、三人の中で唯一、父親だけが浮かない顔をしていた。

エイヴリルが街へ買い物に行き、その後お湯入りのバケツを取り上げられた日の夜。

ディランは、書斎でクリスからの報告を聞いていた。

「エイヴリル様は、悪女ではありませんね、あれは」

「やはりクリスもそう思うか」

「はい。というか、誰も悪女だとは思っていないのでは」

「……」

「……」

二人の間には微妙な空気が流れる。

ディラン、クリスともに、どう考えてもエイヴリルの様子がおかしいのはわかっていた。

気を取り直して、ディランはクリスに尋ねる。

「それで、エイヴリル嬢の街での様子はどうだった」

「はい。悪女……というよりは痴女のような露出の激しいドレスに真っ赤になり、自分で持ってこさせた宝石に値札がないのを見て真っ青になり、その後適当に選んだネックレスが高価すぎることを知り真っ青を通り越して真っ白になっていました」

「…………」

「ちなみに、高価なネックレスについては、当てずっぽうで選んだにしてはすごい確率です。並んでいたのは、どれも希少価値の高い宝石を使ったものばかりでしたから。その中であれを引き当てるとは、ものすごい強運の持ち主かと」

「……なんだそれは。聞けば聞くほどに意味不明だ」

呆れた様子のディランを前に、クリスは続ける。

「エイヴリル様ご本人は悪女のつもりのようですが、素が天然……いや失礼、かなり礼儀正しく穏やかな方のようで。街から帰ったら、同行したことへのお礼を無垢《むく》な笑顔で丁寧に言われました。時折悪女を意識して会話がおかしくなりますが、どうやらそちらが相当無理をしているようですね」

「…………」

クリスの報告は、ディランにも心当たりしかない。初日の会話や立ち居振る舞いへの違和感に始まり、今日はメイドに気遣いを見せていた。

基本的に、ランチェスター公爵家に勤める使用人は皆勤勉で忠誠心が強い。

だからこそ、『悪女』として知られるエイヴリルはこの家に好ましくない存在として蔑視の対象となる可能性があった。

契約上の妻とはいえ、ディランも一応三年間はエイヴリルを守り切るつもりでいる。だからこそ離れの様子を見に行ったのだが。

(彼女は……斜め上というか様子がおかしすぎないか……？　一体何を考えている。いや、何も考

えていないのか）

少し考え込んだ後で、ディランは口を開く。

「……私が見たのは、入浴用の熱湯をバケツで運んでいるところだったな」

「何ですかそれ」

「こっちが聞きたいところだ。てっきり使用人から冷遇されているのかと思えば、そのメイドを庇《かば》うように話題を逸らすし……。しかし、その後の言動は極めてまともだった。支度金を早くよこせと言うから話を聞いてみると、実家に送金するのではなく、必要なものを選んで手配したいらしい」

「強欲さをアピールしたつもりが逆効果ですね」

感情が読めない笑顔のクリスに、ディランはため息をつく。

「ああ。今回、アリンガム伯爵家の弱みに付け込んで婚約を申し入れたが……ああ見えて、エイヴリル嬢も実家の財政状況を理解しているのかもしれないな。……どうしてそうなっているのかも」

「もしそうだとしたら、エイヴリル様は公爵夫人として本当に好ましいお方では」

暗に、クリスの進言は「別に契約結婚でなくてもいいのでは」というものだったが、ディランは表情を変えない。

「彼女は、俺がこれまでに見てきた令嬢と違いすぎる」

「まぁ確かに」

「しかも、彼女はこの契約結婚をひどく喜んでいた。ありえないほどにな」

「ご本人は悪女になりたいようですが……どちらかと言うと、無垢なお姫様ですね」

「ああ、同感だ」

ディランとクリスの意見は一致する。

そして少しの間の後、心底不思議な顔で二人同時に首を捻《ひね》った。

「しかし……どうして、彼女は悪女のふりをしているんだ？」

その答えはどこからも返ってこない。

代わりに、クリスは今日の出来事で気になったエピソードを一つ付け加えた。

「そういえば、今日、エイヴリル様はとても気になったジュエリーがあったご様子でした。本当はドレスにもジュエリーにも全く興味がないのは明らかなのに、そのネックレスだけは熱心にご覧になっていて」

「それなら、どうしてそれを買わなかったんだ？」

「神のみぞ知ります」

「だろうな」

ディランはふっと笑い、クリスは澄ました顔で書斎を後にしたのだった。


数日後。エイヴリルはディランと同じ馬車に乗り、お茶会が行われる館へと向かっていた。

物心がついてからというもの、エイヴリルはこういう場に出たことはない。コリンナの家庭教師がこっそり教えてくれたおかげでマナーは一通り覚えているものの、不安しかなかった。

（――これは、契約書にあった〝二、妻はランチェスター公爵家の品位を保つための活動に協力する〟に基づくもの。……悪女なのだからきっと完璧ではない方がいいから都合がいいわ。人に迷惑をかけない程度に、ちょっと不躾《ぶしつけ》な振る舞いをすればいいだけ……！）

そうは思うものの、膝の上に置いた手がぷるぷると震えている。

基本的におっとりとして鈍いエイヴリルがここまで緊張しているのには理由があった。それは。

「ディ……ディラン様。今日のお茶会には王太子殿下がいらっしゃるのですね……」

「ああ。クリスに聞いたのか」

「はい。……まぁ、全然問題ないのですけれど」

強がって微笑んでみせるが、頬が引き攣っているのが自分でもわかる。

顔の筋肉をほぐそうと頬をもみもみしていると、隣に座ったディランが目を丸くした後で吹き出した。

「……くっ。その仕草は、噂に聞くエイヴリル・アリンガムらしくないな」

「!?　そうでした……ではない、普段は夜の社交の場にしかまいりませんので、昼間にふさわしい爽やかな表情をつくっているのですわ。どうかお気になさらず」

エイヴリルのお手本、コリンナは夜遊びに明け暮れていて普通の社交はあまり好きでなかった。

きっと、彼女も同じ立場になったらそこそこ緊張していただろう。

エイヴリルが硬くなっているのを感じ取ったらしいディランは、笑ってみせた。

「君のことは婚約者として紹介するが、あまり慣れていないのなら無理することはない。私の隣を離れず、微笑んでいるだけで大丈夫だ」

「……よ、夜遊びと火遊びが忙しくて、普通の社交は久しぶりというだけですわ。慣れていないわけでは、」

「君の言う〝夜遊びと火遊び〟の意味を詳しく聞いてみたいものだな。一般的に広く認知されているものとは相当かけ離れていそうだ」

「!?」

エイヴリルに取り繕うのはもう無理だ。これ以上聞かないでほしい。

しかし、エイヴリルの隣のディランはとても楽しそうである。余裕たっぷりに笑いながらも纏った空気が柔らかく、初対面のときの冷静な表情が嘘のようだった。

さらに突っ込んで聞かれる前に、早急に話題を変えなければいけない。こほんと咳払いをしたエイヴリルは、できるだけ自然に切り出した。

「……ディラン様。招待客のリストがあればお見せいただいてもよろしいでしょうか」

「ああ。しかし何に使う?」

「私は無能な悪女ですので、むやみやたらに絡んではいけない方を把握したいと思います。次期公爵夫人としてそれなりに振る舞う契約ですから」

「…………」

意外なことに、ディランはすぐにリストを渡してくれた。それを見つめながらエイヴリルは考える。

（素顔をさらすことのない仮面舞踏会だったとはいえ、コリンナの素性を知っている人がいるかもしれないわ。今日の招待客を把握しておくに越したことはないはず）

コリンナは夜の社交の方が得意だったが、稀に両親について普通の社交の場には参加していた。アリンガム伯爵家の書斎を管理していたエイヴリルは、その招待客のリストを覚えている。

加えて、エイヴリルとコリンナは異母姉妹にしては不思議なほどに外見が似ているのだ。しかも、ピンクブロンドと碧い瞳はそっくり同じ。仮面で顔の大部分を隠してしまえばどちらなのかわからない。

（よかったわ。コリンナとお茶会や夜会で顔を合わせたことがある方はいらっしゃらなさそう）

ほっとして息を吐くと。

「無能な悪女か。君が言うと随分かわいい言葉に聞こえるな」

「!?」

突然、ディランが柄にもない言葉を告げてくるので、エイヴリルは目を瞬いた。

（ディラン様って、こういうことを仰る方だったかしら!?）

「ええと……お世辞をありがとうございます……？」

「いいや。心の底からそう思ったから、口にしただけだ」

「……！」

これまでの人生で、あまり褒められることのなかったエイヴリルは悪女のふりをするのをすっかり忘れてしまう。

ぽかんとしたエイヴリルと、気だるげに椅子に腰かけながらこちらを見つめているディランの視線がぶつかった。その瞬間、ディランはまたふっと微笑む。

「今日のドレスはよく似合っているな。まるで、この馬車の中に可憐《かれん》な花が咲いているようだ」

「ええと、ありがとうございます……？」

これは貴族的な褒め言葉だと察しエイヴリルも表面的な笑顔で応じたものの、いかんせん人から褒められることに慣れていない。

（私は悪女でいないといけないのに、こんなことで舞い上がってしまいそうです）

エイヴリルはぱちぱちと目を瞬いた後、膝の上の手をぎゅっと握る。こうすれば、少しは自分を保っていられる気がした。

ちなみに、エイヴリルが身につけているドレスはこの前街で購入したものだ。

既製品ではあるものの、しっとりした上質な生地に淡いブルーの上品な色合い。シンプルながらもデコルテ周りにささやかなフリルのアクセントを効かせたデザイン。

そのどれもが、エイヴリルの可憐さを引き立てるものだった。支度を手伝ったグレイスも褒めてくれたが、悪女である女主人への建て前的な褒め言葉だとエイヴリルは理解している。

けれど、ディランの振る舞いはそれだけでは終わらなかった。

「合わせたネックレスもいい。ドレスと一緒に選んだものだな？」

「！」

そうだった。今日、エイヴリルの胸元に光るのは、あのショップで最も高額なジュエリーである。

（一体これはおいくらだったのでしょうか……！）

これはディランが贈ってくれたもので、一度はお礼も伝えている。そのときもびくびくしたけれど、幸い金額に触れられることはなかった。

今この話題になるということは、あのショップからディランのところに請求が行ったに違いない。

そんなことを考えつつ慰謝料減額の危機にエイヴリルが震えていると、ディランが意外な問いかけをしてくる。

「君は、そのネックレスより欲しいものがあったのではないか？」

「そ、そのようなことは。み、身につけるジュエリーの価値は女性の価値に等しいものですから。私にぴったりだと思って選びましたわ」

エイヴリルは噛みつつも悪女として答えた。

けれど、ディランは気分を害する様子がない。少し間を置いて、優しく柔らかく告げてくる。

「……変なことは考えずに好きなものを買えばいい。そういう契約だ」

前を見つめたまま話すディランは、悪女を演じなければいけないことを忘れてしまうほどに穏やかな声色だ。

つい、エイヴリルもうっかりあの店で見つけた祖母の形見のネックレスを思い出してしまう。

（お祖母様のあのネックレスは、もうどなたかが購入してしまったのでしょうか……）

クリスとキャロルを引き連れてショッピングに出たあの日から、エイヴリルは祖母の形見のネックレスを何度も思い出していた。

ランチェスター公爵家から渡される予定の支度金を使えば購入することは容易だろう。

けれど、支払いは三年後に、もしくはその都度受け取りたいと願い出て承諾されてしまった。手持ちの資金がいくらかあるとはいえ、あのネックレスを買うには到底足りない。

（こういうのは巡り合わせだもの。あのお店で出会えただけでもありがたいと思わなきゃ。……お祖母様……）

祖母がアリンガム伯爵家を出ていったのはエイヴリルが六歳になる前だった。そして一年も経たないうちにこの世を去ってしまった。

自分と同じ碧い瞳をした優しい祖母の顔が思い浮かんで、わずかに記憶に残る幼い頃の甘い想い出に包まれる。


――肩を落としてため息をついたエイヴリルを、ディランは興味深く見つめていた。


馬車は目的地に到着し、ディランのエスコートで馬車を降りたエイヴリルは目を見開く。

白亜の館に花々が咲き乱れる庭、整然と並んだ豪奢な馬車。

ランチェスター公爵家には及ばないにしろ、エイヴリルにとっては華やかすぎて眩しい場所だった。

「ここにも宮殿があったのですね……！」

そこまで口にしてしまったところで慌てて口を噤《つぐ》む。

エイヴリルは悪女なのだ。

お手本であるコリンナは、こんなところに出入りし慣れているに違いない。けれど、ハッとするのが数秒遅かったようである。

（笑われている……ような……）

目を泳がせるエイヴリルの隣と背後でそれぞれ笑いを堪えている気配がする。これはよくない。

ディランとクリスからの視線を気づかないふりで押し切ることにしたエイヴリルは、ディランのエスコートを受けて澄ました表情をし、敷地に足を踏み入れた。

今日のお茶会はガーデンパーティーらしい。

庭園の一角、花や木がなく開けた場所に真っ白いテーブルとチェアが何セットも置いてあり、案内されたテーブルで社交を楽しむスタイルのようだ。

（……待って）

その先に待っていた光景に、エイヴリルは固まった。

ひときわ注目を浴びる、背が高くて煌びやかな黒髪の男性。それは、紛れもなくこの国の王太子、ローレンス・ギーソンである。

整いすぎたルックスとその切れ者っぷりから、彼と縁を持ちたい令嬢が後を絶たないという。

ローレンスの噂はもちろんエイヴリルも知っている。別に会いたくはなかったけれど、来るのはクリスに聞いて知っていたし特に問題はない。

問題は、ローレンスの連れである。

彼の隣にいるのは。

「――王太子殿下のお隣にいらっしゃる方って。アレクサンドラ・リンドバーグ様では」

(コリンナが仮面舞踏会で一夜を過ごした殿方の元婚約者の方……！　さっき見たリストには名前がなかったのに……！)

ローレンスの隣にいるのは、コリンナに仮面舞踏会で婚約者を奪われた令嬢だった。

しかも、コリンナは彼女に『エイヴリル・アリンガム』だと名乗ったらしい。示談の場では仮面をつけていなかっただろう。けれど、エイヴリルとコリンナはよく似ている。

一度会っただけなら、恋敵が空気を読まずにお茶会へノコノコとやってきたようにしか思えないのではないか。

(これはピンチですね)

つい、ディランの腕を摑む手に力が入ってしまう。そんなエイヴリルの戸惑いをディランも察したらしい。

「……すまない。これは聞いていなかった。リンドバーグ伯爵家のアレクサンドラ嬢が王太子殿下の婚約者候補として名前が挙がっていることは知っていたが、まさか今日ここに来るとは」

「あの、これはもしかしなくても修羅場になるような気がいたします……」

「だろうな。……普通なら」

エイヴリルを悪女として迎え入れたディランは、エイヴリルとアレクサンドラを引き合わせてはまずいことを理解してくれているようだ。

ディランの口振りが気になったものの、エイヴリルの選択肢は一つしかない。

(契約だもの。悪女としてなんとか乗り越えないと……! それに大丈夫。王太子殿下の婚約者なら、私が言葉を交わす機会はないはずだわ)

覚悟を決めたエイヴリルは背筋を伸ばし、ディランに告げる。

「まいりましょう。これくらい、全く問題ありません。修羅場には慣れていますわ」

ちなみに、修羅場に関しては実際には慣れていないどころか見たことも聞いたこともない。馬車の中でのディランの言葉を借りれば、意味自体が違っている可能性すらある。

けれど、エイヴリルとしてはとにかく完璧な悪女っぽく言えただけで満足だった。

ディランは少し驚いたように止まった後、ふっと笑う。

「そういえば伝えていなかったが、王太子殿下――ローレンス・ギーソンは私の親しい友人だ」

「……え?」

「今日は、彼に君を紹介しに来たようなものだ」

「!?!?」

そんなの聞いていない。目を泳がせたエイヴリルが背後のクリスに視線で助けを求めると、クリスはつんとそっぽを向いてしまった。

どうやら、王太子・ローレンスが来ることは知っていて教えてくれたけれど、ディランの親友だということはあえて教えてくれなかったらしい。

一緒にお買い物に行って仲良くなれたはずなのに、ひどい裏切りである。

焦りを隠せないエイヴリルだったが、ディランは目的の人物のもとへと向かって歩き始める。その腕を掴んでいるので、ついていかざるを得ない。

庭の真ん中へ近づくにつれ、自分たちに視線が注がれているのがわかる。ざわめきを増していく周囲に困惑しながら、エイヴリルは真っ青になった。

(――ええと、これはとってもまずいのではないでしょうか!?)

アレクサンドラが『エイヴリルのふりをしたコリンナ』の顔を覚えていても覚えていなくても、どちらでも問題がありすぎる。

けれどなすすべもなく、エイヴリルは、王太子であるローレンスとその婚約者でありコリンナの恋敵だったアレクサンドラの前に立っていた。

目の前で、王太子殿下とアレクサンドラがこちらを見つめている。

ローレンスの、黒曜石のように深い色の髪とミステリアスなタンザナイトの瞳はため息が出るほどに美しい。

いつかコリンナが、父親に王太子へ縁談を申し入れてほしいとだだをこねていたことを思い出す。

(コリンナがここにいたら喜びそうだわ……って、そうではなかった)

エイヴリルにとって問題なのはアレクサンドラの反応だった。

けれど、意外なことにエイヴリルに向けられているのは刺々《とげとげ》しい視線ではない。

丁寧に編み込まれたココア色の髪に花をあしらい、ルビーのような瞳をした彼女は、穏やかにたおやかに、優しい眼差しで微笑んでいた。

（才媛として知られるアレクサンドラ様……なんて素敵な佇まいなのかしら）

自分の立場も忘れて、エイヴリルはついぼうっとしてしまう。すると、頭上から低く凛《りん》とした声が響いた。

「私は、ローレンス・ギーソンだ。君が私の友人の妻となる人か」

「……！　はい。エイヴリル・アリンガムと申します」

さすがに王太子殿下相手に名前をごまかすのは無理である。ちょっと訛《なま》ってみたが、たぶん意味はないだろう。

エイヴリルが淑女の礼をしてみせると、ローレンスの隣からルビー色の瞳をこちらに向けていたアレクサンドラが、手にした扇をぱちりと閉じる。

「私、エイヴリル・アリンガム様と二人でお話ししたいことがありますの。ランチェスター公爵閣下。エイヴリル様をお借りしてもよろしいでしょうか？」

「！」

上品ながらもひやりとした声色に、背中を冷たいものが滑り落ちる。

にこりと微笑むと、エイヴリルはディランの腕から手を離した。

「才媛、アレクサンドラ様とお話ができるなんて夢のようですわ。ディラン様、私、行ってまいります」

「……エイヴリル。ここでは私とともに」

「いいえ。悪女の私はこういうことに慣れていますから」

すんと言い放つと、ディランの顔に普通とは違う類の心配が覗いた気がしたが、気のせいだろう。

そうして、エイヴリルはアレクサンドラと連れ立ち館内のサロンに移動したのだった。


二人のために特別に用意されたサロンは、豪華なものだった。

（ここも、真っ白な大理石の床と壁に高そうなテーブル！　本に載っているのを見たことがある絵の数々……そして何よりも、目の前にいらっしゃるのはアレクサンドラ・リンドバーグ様。私よりも二つ年上の二十歳で、アカデミーを出られた才媛……！）

これまで触れる機会がなかったが、目についた本を読《よ》み漁《あさ》ってしまうくらいにはエイヴリルは知的好奇心を刺激するものが大好きである。

ついきょろきょろとしていると、アレクサンドラは意外すぎる問いかけをしてきた。

「ねえ。あなた、ハンナという家庭教師を知っているかしら」

「!?」

聞き覚えのある名前に、エイヴリルは目を瞬く。それは、昔コリンナの教育を担当していた家庭教師の名だった。

コリンナの先生ではあったけれど、エイヴリルの境遇に同情し目をかけてくれた。

こっそりいろいろなことを教えてくれたのは、このハンナ先生だった。

ちなみに、そのことが継母にばれてハンナは解雇されてしまった。

何と返したらいいのかわからないエイヴリルに、アレクサンドラは問いを続ける。

「少し前にね、そのハンナが私の家庭教師をしていたことがあるのよ。今は結婚をして遠くに行ってしまったのだけれど」

「！」

（つまり……アリンガム伯爵家を出た後、ハンナ先生はリンドバーグ伯爵家でアレクサンドラ様を担当されていたということよね）

話の向きは見えないが、これはいよいよ雲行きがあやしくなってきた。

『元婚約者に手を出したことを罵られる』『身代わりであることを見抜かれ、一文無しでランチェスター公爵家を追い出される』その二択が、エイヴリルの脳裏に浮かぶ。

（どちらもなかなか最悪だけれど、どちらかといえば罵られる方でお願いしたいわ……！）

幸いこのサロンは人払いがしてあるし、誰かに怒られるのは呼吸をすること並みに慣れている。

けれど、アレクサンドラの意図するところは違うようだった。

「私がアカデミーを出て、能力を高く評価されていることはご存じかしら？」

「はい、もちろんですわ」

「そのハンナがね、よく言っていたの。私と同じぐらい物覚えのいい令嬢に教えたことがあると。ハンナは私を持ち上げる人だったから、実際は私以上なのでしょうね」

（え……っと？）

予想とは違う展開にエイヴリルが首を傾げると、アレクサンドラは知的な印象の目を細めて、柔らかに笑った。

「ねえ。あなた、詩の暗唱はできて？」

詩の暗唱は、この国の淑女にとって重要な嗜みだ。

教養の深さを表すために、お茶会などではよく詩の暗唱が行われる。育ちの良さや個人の評価にも直結するため、どこの家でも競うようにして教えるものだ。

（詩の暗唱でしょうか……コリンナは間違いなく苦手だったわ）

コリンナは詩の暗唱などできなかった。

暗唱どころか、スラスラ読み上げることも苦手なレベルである。となると、ここにいるエイヴリルもそれに倣うしかない。

（何とか、罵倒していただいてこの場を切り抜けましょう）

そうと決まれば話は早かった。エイヴリルの決意を知ることのないアレクサンドラは上品に告げてくる。

「何でもいいわ。お好きな詩を聞かせてくださる？」

「無理ですわ。何にも思い出せませんので」

罵倒で切り抜けるため、にべもなく断ったエイヴリルだった。しかし、意外なことにアレクサンドラには引き下がる様子がない。

「あらそう。それならいいわ。——陽が落ちる夕べに」

『満ちるは木の葉の輝き茜色《あかねいろ》の斜陽想うは幼き日の懸想かの人は言った決して帰らぬことを囚《とら》われるは望郷の念闇が埋め尽くす夜半の月涙他人の声待ち人は近づく星は落ちずただそこにある記憶の彼方《かなた》は金木犀《きんもくせい》の香りそして朝を待つ』


「知っているわね。しかも、これは有名な方のものだけれどあまり知られていないニッチな詩だわ。それを丸暗記ですごいわ、さすがね」

「……あぁっ!?」

失態にエイヴリルはくずおれる。気がついたら、アレクサンドラが口にした詩の続きをきりのいいところまで暗唱してしまっていた。

（……!? 私の口！ どうしてこんなことに！）

たまに考えたことがそのまま口に出てしまうのは、エイヴリルの悪いくせである。

（だって、ちょうど好きな詩の一節だったんだもの）

エイヴリルに詩の暗唱を披露する機会はなかったが、読む機会はあったし自分でも好きだった。内容を暗記するのも、物覚えのいいエイヴリルにとっては造作もないことである。

がっくりとうなだれるエイヴリルに、アレクサンドラがなぜか勝ち誇ったように告げてきた。

「しかもね。私が今口にしたのは、古典語の方だったのよ。気がついたかしら？ あなた、きちんと古典語で続けたわね。発音まで素晴らしかったわ」

「!?」

(……アレクサンドラ様って策士だわ。　さすが才媛！　と感動している場合ではなかった……)

引っかけ方から見て、アレクサンドラがエイヴリルを悪女と思っていないのは明白だった。

(罵倒してほしい……)

けれど無理なようである。エイヴリルの切実な願いもむなしく、アレクサンドラは本題に入った。

「私の元婚約者は、少し頭の足りない人だったの。わざわざ田舎町まで行き仮面舞踏会なんていうおかしな場に参加して、遊び相手を探していたらしいわ」

「……」

「それでね？　その世界では評判の悪女に引っかかったらしくて婚約を解消することになったのだけれど……そのせいで、子どもの頃から存在自体がうっとうしかった王太子殿下と婚約することになって散々だわ。……ってこれは今お話しすることではなかったわね」

コホン、と咳払いをしてアレクサンドラは続ける。

「それで。どうしてあなたが悪女だなんて言われているのかしら。どう考えてもおかしすぎるのだけれど」

「いえ、私には至らないところもあるうえに、本当に悪女で、」

何とかアピールしたいところだったが、手持ちの札が少なすぎる。今日はクリスが選んだ公爵夫人にふさわしいドレスを着ているし、口紅の色も薄い。

せめて男性でも周囲に侍《はべ》らせていればと思ったが、つい先ほどまでエイヴリルと一緒にいたディランとクリスは、夫となる人とその側近である。

(さようなら……素敵な契約に基づく、私の自由な人生……)

エイヴリルが本当のことを話す覚悟を決めている一方で、アレクサンドラはテーブルの上のお皿にのったリンゴを片手で持ったようだった。そして。

そのままぐしゃりと握りつぶした。

「……!?」

(才媛が……リンゴを片手でお潰しになる)

目を瞬いたエイヴリルだったが、アレクサンドラは毒花のようにあやしい微笑みを湛《たた》える。

「私ね。幼少の頃から持て囃されてきたの。そのような中で知った、私よりも賢い女の子ってどんな子なのかなってずっと思っていたのよ」

「……はい?」

意味がわからない。

「いわば、あなたは私の原動力みたいなものだったの。お父様の反対を押し切ってアカデミーに通ったのも、きっとあなたもやってくると思っていたからよ」

「あの……アレクサンドラ様?」

話の向きが見えない。ぽかんと首を傾げたエイヴリルの前で、アレクサンドラは続ける。

「それなのに、そのご令嬢にやっと会えたと思ったら、評判が最悪の悪女ですって? 一体どういうことなのかしら。あなたにきちんとした教育を与えず、悪女だなんておかしなレッテルを貼ったのは誰なの？　私が、その妹を八つ裂きにして差し上げるわ」

（……あの。悪女になりたいのは、私の意志なのだけれど。そしてアレクサンドラ様って……少しイメージが違うのですね！）

穏やかで優しい淑女の手本は一体どこに行ってしまったのか。

呆気にとられているエイヴリルの前で、アレクサンドラは手をハンカチで拭くとリンゴの惨状に似つかわしくない上品な笑みを浮かべる。

なかなかのコントラストに、エイヴリルは諦めることにした。

（もう……これは、大人しく白状するしかなさそうですね）

自分が『コリンナ』ではないことがバレバレなのだと悟ったエイヴリルは、ゆっくりと口を開く。

「……アレクサンドラ様は、私が誰なのかをご存じなのですね」

「ええ。今日、急遽《きゅうきょ》ここに来たのはあなたに会うためよ。……どうして悪女のふりなんてしているのかしら。あなたの妹——コリンナ・アリンガムの身代わりで嫁いだとしても、悪女になる必要はないのではなくって？」

まさに普通ならばその通りだし、至極当然の疑問だった。

「それが」

（契約書の内容を勝手に口外するのは守秘義務に反するわ）

アレクサンドラがゴクリと喉を鳴らす気配がする。

さすがに契約結婚とは言えない。それならば。

「私、悪女になりたいのです。心の底から」

「……なるほど」

「悪女になって、ディラン様……いえ、公爵様の心をわしづかみにしたいのです」

「……わ、わしづかみ？」

リンゴを握りつぶし、さっきまで穏やかではない空気を感じさせていたアレクサンドラの表情がぽかんとしたものになる。けれど、エイヴリルはそれに構うことなく続けた。

「公爵様は、あえて〝悪女〟であるエイヴリル・アリンガムに縁談を申し入れたのです。でしたら、その期待に応えないわけにはいきません。私は、愛する公爵様のため完璧な悪女になりたいのです」

「そ……そういうものかしら」

「そういうものですわ。わ、私は公爵様の理想の悪女になりたいのです」

「……ディラン・ランチェスターってそんなに女の好みが変だったかしら」

「ええ。変ですわ、変」

「だから、あんなに縁談を断ってばかりだったのね……？　確かに、良家の令嬢にここまで変わった悪女はいないもの」

才媛は簡単には騙《だま》されてくれないと思ったけれど、意外といけそうだった。

ディランには申し訳ないが、ここは変な悪女好きになってもらって話をおさめたい。

なぜか毒気を抜かれたような顔をしているアレクサンドラに向かって、エイヴリルは頭を下げる。

「ということで、私の中身が悪女ではないことは、どうか内密にしていただけませんか」

「ねえ。そもそも、悪女っていい要素なのかしら……？」

「公爵様にとっては、絶対、間違いなく、確実に」

「…………」

くり返して念を押すと、アレクサンドラはルビー色の美しい瞳を丸くして数秒間固まった後、くすくすと笑い出した。

「……そう、そうね。ええ、わかった。あなたはそれでいいと思うわ。頑張って悪女になったらいいと思う、私は応援するわ」

「はい、ありがとうございます」

（アレクサンドラ様はギャップが素敵な方ね）

お皿の上で無惨にも砕け散ったリンゴを見ながら、エイヴリルは感心した。

（ディラン様について大きな誤解を生んでしまったかもしれないわ。ごめんなさい……！　でも、一応、契約はきちんと守っています！）

心の中でディランに謝罪をしていると、アレクサンドラは立ち上がりエイヴリルの手を取る。

「私、あなたのことがとても気に入ったわ。王太子殿下と公爵閣下のところへ戻りましょう。皆でお話がしたいわ」

〝悪女のふり〟がバレてしまったことは残念である。けれど、アレクサンドラはエイヴリルの味方になってくれるらしい。

よかった、とホッとして庭に戻ると、ディランと王太子であるローレンスが待っていた。

二人がついているテーブルの周りにはメイドが控えているものの、令嬢たちは誰も近づく気配がない。ポッカリとそこだけ空いていた。

社交の場で人を追い払うことはあまりない。ディランとローレンスが並ぶと、煌びやかすぎて誰も近づけないのだろう。

「エイヴリル。話は終わったのか」

テーブルにつくと、ディランは気遣わしげに声をかけてくる。問題なく切り抜けたところなので心配はない。心配なのは、ディランの女性の好みに関する評判だけだ。

「はい、つつがなく。何の問題もございませんわ」

エイヴリルの返答にディランとローレンスは顔を見合わせる。それを見て、アレクサンドラはふふっと笑った。

「ランチェスター公爵閣下。あなたの婚約者は本当に面白い方ですね」

「……アレクサンドラ嬢もそのようにお思いですか」

ディランの返答に笑いが混じっているのはエイヴリルの気のせいだろうか。

けれどここは口出しをしない方が良さそうである。黙ってお茶を飲みながら二人の話を聞くことにする。

「お友達になっていただけたら、退屈しなそうですわ。美貌の公爵閣下の女性の好みも教えていただきましたし」

「…………」

ディランが微妙な顔をし、その後ろに控えていたクリスがブッと吹き出した。

それにしても、随分と平和なお茶会である。

アレクサンドラが味方になってくれたことは本当にありがたいが、ここで当たり障りない振る舞いをして帰ってしまっては、エイヴリルが悪女だと印象付けられないのではないだろうか。

（コリンナの振る舞いを思い返してみましょう。あの子は、こういう場に出ると大体トラブルを起こして帰ってきたわ）

自分より地位の高い貴族令嬢の婚約者に色目を遣っただとか、男爵令嬢に些細《ささい》な意地悪をして泣かせただとか。

しかも、そのどれもがこそこそと行われた陰湿なもので、両親の耳に入ることはなかった。エイヴリルが知っているのは、キャロル以外の侍女に教えてもらったからである。

（周りに気づかれないような……些細なトラブル）

考えを巡らせていると、王太子・ローレンスが話しかけてきた。

「君のことをディランに聞いてみたのだが、なかなか話してくれなくてね。今度は、君からディランの話を聞いてみたいな」

「まぁ」

これはチャンスである。

（コリンナは、いつだって自分が話題の中心でないと気が済まなかったわ。つまり、ここでの正解は空気を読まずに話し続ける……！　これなら私にもきっとできるわ）

水を得た魚、我が世の春。エイヴリルは、悪女の微笑みを浮かべた。

「ディラン様はとてもお優しい方ですわ。私のために宮殿……ではない、離れのお部屋を準備しメイドに言いつけて私の好みに合わせた食事を準備してくださるのですわ。そして悪女の私でも信頼してお買い物に行かせてくださいます。あ、お金や他人《ひと》任《まか》せで解決するとお思いになりました？　それが違うのですわ。この前は実家に関する相談にも乗ってくださりお忙しいのにもかかわらずわざわざ直接骨を折ってくださいました。何よりも遠くから嫁いできた私のことをいつも気にして顔を見に来てくださいます。それに使用人の名前もフルネームで全員覚えておいでで誰がどんなお仕事を担当しているのか詳細に把握していらっしゃいます。主人の鏡ですわ！　皆様ご存じかと思いますが煌びやかすぎる外見も素晴らしいですわ。先日はバケツを持つお姿まで絵になっていらしてこれは内面から滲み出る心の美しさがなせる業だと感動いたしましたの。冷たいふりをなさいながら本当はお優しすぎるディラン様が私は大好きですわ！　お忙しそうで顔色が悪いことだけは気になるところですがとりあえず間違いなく私がこれまでに出会った中で誰よりも優しくて素敵なお方ですわ。それに、」

「エイヴリル。もうやめてくれるか」

　まだまだ話そうとしたところで、ディランに止められてしまった。

（……え、ええと？）

　隣に視線を移すと、頬を染めて口元を押さえるディランの姿があった。ぱちぱちと目を瞬くと、アレクサンドラとローレンスが笑い合う。

「ね、エイヴリル様はとても面白くてかわいらしい方でしょう」

「本当だな。ディランがこんなに情熱的なタイプだとは。いい話が聞けてうれしいな？」

「……勘弁してくれ」

隣から、端整な顔立ちに感情を滲ませたディランの呻《うめ》くような声が聞こえ、背後からはクリスがまたブッと吹く声がした。

（話題の中心にはなれたけれど……こう、なんか思っていたのとどこか違うような？）

違和感の答えを誰か教えてほしい。

エイヴリルは首を傾げ、とりあえずごくりと一口お茶を飲んだのだった。


「グレイス！　エイヴリル様の朝食の準備ができたぞ」

離宮を担当する料理長からの声かけに、ランチェスター公爵家の夫人担当のメイドの一人・グレイスは顔を上げた。

「ありがとうございます。すぐにエイヴリル様のところにお運びします」

「ああ、頼んだ。……それよりも、本当にいいのか？　このメニューで」

複雑そうな表情の料理長からの確認に、グレイスは顔を引き攣らせる。

そうして、カートにのせられた朝食メニューに視線を落とした。

「はい。確かに……エイヴリル様はこのメニューをご希望されていて」

「ほーん。本当に変わった好みしてんなあ」

「……」

「……」

グレイスと料理長は揃って黙り込んでしまう。

二人の視線の先には、半分焦げた目玉焼き、焼き上がってから時間が経ちすぎて固くなったパン、冷えてドロドロに固まりつつあるスープ、すっかりぬるくなったオレンジジュース、があった。

この家の新しい女主人となる悪女、エイヴリル・アリンガムがやってきた日。

使用人たちの間には確かに、この名門にふさわしくない彼女を排除しようという不思議な団結感のようなものがあった。

――彼女が本性を現してこの家から追い出されればいい。

皆がそう思い、示し合わせたかのように朝食には誰が食べてもまずいであろうメニューを用意し、メイドは身の回りの世話をせず、バスルームには冷水が用意された。

何の打ち合わせもなしにこの仕打ちだったのだから、とんでもないことだ。

当然エイヴリルは激怒するかと思われたが、意外なことにそうはならなかった。

朝食のメニューは絶賛され、わざと丸ごと出されたキウイフルーツは見事にカットされた。

その後、エイヴリルは嬉々《きき》とした様子で自分で身支度をし、バスルームには明らかに手慣れた感じでお湯が足された。

（エイヴリル・アリンガムの人柄は……聞いていたものと違いすぎるわ）

ちなみに、エイヴリルが連れてきた侍女は彼女を世話することなく母屋に入り浸っていた。

侍女にすら舐《な》められている伯爵令嬢の姿に、グレイスはいち早く気がつき衝撃を受けた。

カートを押そうとするグレイスに、料理長が一枚のメモを見せてくる。

「この前、下げられた皿にこの手紙が添えてあったんだよ。〝私のために食事を作れることをありがたくお思いになって〟、といかにも悪女らしいことが書いてあったんだが、結びの文は極上の感謝の言葉で締められていて、意味不明だ。しかも、何度も書き直した形跡があるうえに字がクソ丁寧で綺麗だった。……あの人、一体何を考えてんだ？」

「…………」

手紙を前に絶句するグレイスの背後で、メイド仲間たちが盛り上がり始める。

「そういえば、この前の王太子殿下がお出ましになったお茶会あったじゃない？　私、ご一緒したんだけどさぁ。ランチェスター公爵家の品位を落とすどころか、王太子殿下に甚く気に入られてたよ。旦那様も頬を染めちゃってさ。なんか知らないけど、幸せそうな夫婦に見えた」

「あ！　知ってる。それさ、リンドバーグ伯爵家の才媛・アレクサンドラ様もいらしてたやつでしょう？　アレクサンドラ様にも随分と気に入られたらしいじゃん。気難しい堅物だって有名なのに」

「意外とうまくやってる……ていうか、すごすぎない？　評判を貶《おとし》めるどころか、しっかりちゃっかり社交してるのよね。ねえ、グレイス？」

話を振られたグレイスは、手紙から視線を上げて頷く。

「え、えええ。しかも、あの方は無意識に使用人を庇ったりするのよね。何の見返りも期待していない様子だし……。悪女だと聞いていたけれど、どう考えてもおかしな話だわ」

「グレイス。本当に、朝食はそのメニューでいいのか。普通は好まない出来損ないばかりだが」

「………」

料理長からの念押しに、その場にいる使用人全員がエイヴリルの朝食メニューを見つめ、首を傾げる。

いいはずがない。こんな出来損ない、本当なら出したくはない。

けれど、エイヴリル本人はこのメニューをとても気に入り、喜んでしまっている。毎朝、テーブルに並べた瞬間に無垢な笑顔を浮かべて瞳を輝かせるのだ。

グレイスは何も言えなかった。

第四章◆無能な悪女の烙印《らくいん》

先日のお茶会。

エイヴリルは、悪女らしさを取り入れつつきちんとした契約書通りの振る舞いができるのか不安だった。けれど周囲の反応を見るに、自分の立ち回りは意外と悪くなかったらしい。

（しばらくは悪女としてこの宮殿で大人しくしていましょう……）

とりあえず当面の山場は越えた気がする。朝日を浴びてあくびを噛み殺しながら、エイヴリルはテラスで大好物の固いパンをかじっていた。

今朝のエイヴリルは少し寝不足である。その理由は、先日街で見つけた祖母の形見のネックレスにあった。

実は昨日、あのネックレスがどうしても気になって、エイヴリルはこっそり街へ行ったのだ。

スカーフとサングラスで顔を隠し、ドレスショップでパパラチアサファイアのネックレスを出してくれとお願いしてみた。

もちろん今すぐに購入するつもりはない。いつか手に入れるとしたら、資金はどれぐらい必要なのか知りたかった。

けれどネックレスは出てこなかった。

なんと、残念なことにすでに人の手に渡ってしまったのだという。

ちなみに、ついてきてくれたのはメイドのグレイスだ。いつも通りキャロルはいない。

（ひと目、お祖母様の形見を見られたらそれで幸せだったのだけれど。人生、そううまくはいかないものですよね）

心残りで昨夜はあまり眠れなかった。

ため息をつくエイヴリルの前にはいつもの朝食メニューが並んでいる。

ランチェスター公爵家にやってきて初日は窓すら開けられることなく用意された朝食だったが、最近は天気がいいとこうしてテラスに準備されている。

（朝の空気が気持ちいいわ……でも、一人で食事をとるのは少し寂しい、かもしれない……）

いつも、エイヴリルの食事は一人だ。

契約結婚で夫婦として振る舞う必要がないというのはわかるし、エイヴリルもディランにそれは求めていない。けれど、寂しいものは寂しい。祖母の形見が頭から離れない今朝は特に。

ふと、思いつきでテラスの端に控えているグレイスに声をかけてみる。

「ねえ。一緒に朝食をいただきませんか？」

「……え？」

グレイスは思いっきり顔を引き攣らせた。

普段なら引き下がるところだが、ここでのエイヴリルは悪女である。

アリンガム伯爵家でエイヴリルと仲良しのメイド、キーラが幾度となくコリンナのわがままに手を焼いてきたことを知っているのだ。

となれば、多少身勝手でもいいし、むしろ強引さはあった方がいいだろう。なんともいえない表情で固まっているグレイスに、エイヴリルはにっこりと微笑んだ。

「せっかくこんなふうに素敵な場所にテーブルを用意していただいたし……ぜひ、私のお向かいに座ってください」

「いえ、それはできかねます」

「今なら誰も見ていませんし……あ、固いパンがお好きでないなら、柔らかいパンをいただいてまいりますわ！　ごめんなさい気がつかなくって！　少し待っていてくださいね」

「!?　どうかそれは！　私は使用人ですのでお構いなく！」

すっくと立ち上がったエイヴリルに、グレイスがますます困惑の色を深めて後ずさりをしたとき。

いつもはここで聞くことのない声がする。

「そこには私が座ろう」

「あら、ディラン様」

なぜかテラスにディランがいる。

そうして、自然にエイヴリルの向かいの席に座る。

心底救われた表情をしたグレイスは「旦那様の朝食もこちらに準備いたします」と言って部屋の中へ消えていく。

それを視線で見送ったディランは、何やら笑いを堪えているようだった。

「エイヴリル。今のはやめてくれるか。彼女たちにも守らねばならないルールがある」

「ごめんなさい。私はご存じの通り悪女でして、お誘いの加減がわからず、つい嫌がらせを」

「……こんな悪女がいるか」

「え？」

「いや、なんでもない」

今、重要な突っ込みを聞き逃してしまった気がするのはエイヴリルの気のせいだろうか。

気を取り直して目の前の朝食メニューに向き直ると、ディランの目が点になっていた。

（何か……おかしなことが……？）

首を傾げて見守るエイヴリルだったが、ディランの表情はみるみるうちに険しいものに変わる。

「このメニューは何だ。すぐにグレイスを呼び戻せ」

「！　あっ」

そうだった。

エイヴリルの食の好みは普通と少し変わっているのだ。

香ばしく焦がした目玉焼きと古いうえに少し焼きすぎたパンの朝食は、使用人からの虐《いじ》めにしか見えないのかもしれない。

「違うのですわ。私はこういうメニューが大好きで、お願い……いえ、命令してこうしていただいているのです」

「……本当か。またあのメイドたちを庇っているのでは？」

「？　私、ここに来て使用人の皆様のことを庇ったことなど一度もありませんけれど」

何と言っても家を追い出されるほどの悪女ですし、と続けて微笑むと、ディランがため息をつく気配がする。

「……もういい。それより、エイヴリルはどうしてこんな食べ物を好きになったんだ？」

「ええと……料理人を困らせたかったからですね、それはもう」

悪女のふりも板についてきた自覚のあるエイヴリルは、言葉に詰まることがない。

ディランの方もエイヴリルの言葉をサラッと流してくれるものだと思ったが、意外なことにそうではなかった。真剣な顔をして告げてくる。

「人の食の好みに文句をつけるつもりはないし、君が嫌がることをあれこれ詮索する気もない。だが、君はもうこんなふうに過ごさなくてもいいんだ」

「？」

いつもなら聞き流してくれるのに、今日のディランはなんだか真面目である。

（今日のディラン様は少し様子がおかしいわ……。朝からこの宮殿にいらっしゃったのも変だし。もしかして、お腹《なか》が空いているのかしら）

空腹は人の性格を変えることもある、昔読んだ本にそんなことが書いてあった。

勝手に納得したエイヴリルは、首を傾げながら自分のパンを差し出してみる。

「……固いパンもおいしいですよ」

ディランはエイヴリルが差し出したパンを受け取り、躊躇《ちゅうちょ》せずそのままかじった。

「……うまいな」

「でしょう？」

ふふふ、と微笑みかけると、ディランの片方の唇の端が上がって、はにかんだような表情になる。

空腹とイライラが解消されたのはよかったが、このどことなく甘い雰囲気は何なのだろうか。

エイヴリルが傾げた首を反対側に傾け直したとき。

パンを飲み込んだディランは、やっと本題を切り出した。

「アリンガム伯爵家——君の実家から手紙が届いた」

ディランがテーブルの上にひらりと置いた一枚の封筒。そこに書かれたへたくそな字は、間違いなく父親のものだった。

手紙を目にしたエイヴリルは固いパンを置く。どうやらあまり楽しい内容ではないらしい……と推測したところでハッとした。

（もしかして、アカデミーからの補佐が派遣される前に私がクローゼットの中に残してきた書類が見つかってしまったのかもしれないわ）

エイヴリルは、アリンガム伯爵家を出る際に家の立て直しの鍵になる書類をわかりやすくまとめて隠してきた。

その在《あ》り処《か》は使用人仲間のキーラにだけ教えてあり、いざとなれば外の人間に提示できるようになっている。

けれど、それが両親もしくはコリンナに見つかってしまったらおしまいである。

（お父様もお継母様もコリンナも、小さな字を読むのがお好きではないから……大丈夫だとは思うのだけれど）

そう思いながら手紙の宛名を確認する。そこにはディランの名が書いてあった。

もし書類を見つけていたら、この手紙はエイヴリル宛てのはずだ。

あの三人が細かいことが苦手なタイプで本当によかった、とエイヴリルは微笑んでみせる。

「それで、ディラン様。このお手紙には何と？」

「支度金を早く支払ってほしい、とだけ書いてある。それは別に構わないのだが、エイヴリルの意思を確認しに来た。君は、支度金をこちらで管理してほしいと言っていたからな」

「そういうことでしたら、もし可能ならこの手紙を無視していただいてもよろしいでしょうか」

「ああわかった。それならば読まなかったことにしよう」

（まあ！）

ディランはあまりにも物わかりが良すぎやしないだろうか。

エイヴリルが目を瞬いていると、彼は続けて数枚の書類を取り出した。

「……そういえば、アカデミーからアリンガム伯爵家で雇うのに良さそうな補佐のリストが送られてきている。どの人間も優秀で、出自も確かだ。たとえ金銭に関わることを任せても心配ない人間をピックアップしてもらった」

「……ありがとうございます……」

（ここまでしてくださるなんて）

正直なところ、エイヴリルはディランがここまでしてくれるとは思っていなかった。

彼は若くして公爵家の当主になったばかりである。

しかも、エイヴリルとは契約上の関係にすぎないのだ。ちょっと優しすぎるのではないか。

（ご自分のこともお忙しいでしょうに、私のことまで）

ぽかんとして悪女のふりを忘れてしまったエイヴリルに、ディランは聞いてくる。

「一度聞いてみたいと思っていたのだが、アリンガム伯爵はどのような人だ」

「……そうですね。お父様はよく言えば楽観的で、どんなときでも自分が楽で簡単な方を選んでしまうお方です。ですから、お父様にお仕事をお渡しするときは、ちょっとコツが必要で」

「……仕事を渡す。なるほど、腑に落ちた」

ディランの眼差しが射るようなものになり、また自身の視線も鋭くなっていることにエイヴリルは気づかない。

「たとえば、今年の農作物の収穫量は決して望ましいものではないでしょう。昨年の干ばつの影響で領民は疲弊しています。けれど、お父様は気づいていない。進言しましたが、聞き入れられることはありませんでした。いつも通り税を取り立てる気でいます」

「その通りだな。アリンガム伯爵領と離れてはいるが、我がランチェスター公爵領も似たようなものだ。今年と来年が厳しいものになるのは避けられない」

「ええ。その瞬間だけを切り取って行われるのは悪政ですわ」

「領民が豊かでなければ領主は生きられない、当然のことだ」

「……使用人の皆様に関してもそうですわ。私、ディラン様がこちらにお勤めの皆様のお名前をフルネームで暗記していることにとても驚きました。屋敷を任せる相手を知り、尊重するのはお互いにとても大切なことです。……代々勤めてくださっている方々の優しさに甘えてはいけません」

「…………」

ディランは何も言わずにじっと話を聞いてくれている。

だから、エイヴリルもつい心情を吐露してしまった。

「今回の縁談に飛びついたことからもわかるように、アリンガム伯爵家は健全な状態ではありません。私は、残してきた使用人の皆が心配なのです」

「わかった。そういうことなら考慮しよう。この屋敷で君の部屋は離れまるごとだ。だから、そこで働く使用人は好きなだけ実家から連れてくるといい」

「……え？」

自分でも間抜けな声が漏れたと思う。間違いなく悪女ではない。けれど、呆気にとられているエイヴリルにディランは事もなげに告げてくる。

「必要なら、別の屋敷で働くための紹介状も書こう」

「え、あの、ディラン様……？」

「給金もアリンガム伯爵家並み以上を保証するし、もし人が余るようなら新しく仕事を増やせばいい。ちょうど新しい事業を始めようと思っていたところだ。まぁ、適任がいればの話だが」

「ディ、ディラン様？」

一体何がどうなってこんな話になったのか。

（ディラン様は……お優しいを通り越して神様なのでは？）

「それよりも」

表情だけなく頭の中まで呆《ほう》けてしまったエイヴリルに、緊張感の混ざった声が投げかけられる。

見ると、ディランの手の中でエイヴリルの父親からの手紙がくしゃくしゃになって潰れていた。

いつもは美しい碧い海を思わせるディランの瞳には怒りが滲んでいる。

「――エイヴリル、君を無能の悪女と言ったのは誰だ？　許さない」

「……ええと、あの……？」

エイヴリルはぱちぱちと目を瞬く。

一応、完璧に悪女を演じてきたつもりのエイヴリルには、青天《せいてん》の霹靂《へきれき》だった。

（ええと、まずディラン様は私が悪女だとは思っていらっしゃらない……かもしれない）

これは、悪女として無事に三年間を過ごしたいエイヴリルにとって由々しき事態である。

一体どこが悪女ではなかったというのか。

今すぐに具体例を挙げて聞きたいところだったが、目の前のディランはそれに付き合ってくれる雰囲気でもなかった。

エイヴリルの心情は置いてきぼりにして、極めて真面目に堅苦しく告げてくる。

「最初から、君の人柄や知性が噂で聞いていたものとかけ離れていることに違和感は持っていた。どう考えても、明らかにおかしかった」

「私の……どの辺がおかしかったのでしょうか……」

（そこを直せば……何とかなるかしら）

たぶん何とかはならないのだが、エイヴリルはどうしても無事に三年の契約満了を迎えたうえで離縁されたいのだ。

不幸なことに、エイヴリルとディランはまだ結婚式すら挙げていないし婚姻誓約書へのサインもこれからだ。

悪女でないと知られてしまったら「今ならまだ間に合う」と追い出される可能性は十分にある。

（でもさっき、ディラン様はこの宮殿で使用人を好きに雇っていいと仰っていたわ。ということは、私が悪女ではないとバレても平気なのかもしれない）

しかし、残念である。エイヴリルも自分なりに努力はしたつもりだった。やっぱりどんなに物覚えが良くても至らないことはある。

そして、ディランやアレクサンドラが言ってくれた通り、エイヴリルが無能というのはアリンガム伯爵家の価値観に基づいた判断なのだろう。それが理解できたことだけはありがたいものの、今問題なのはそこではない。

ディランからの返答はないが、悔しさでため息が漏れた。

「完璧な悪女になりたかったのに。うまくいかないものですね」

「…………」

思ったことをそのまま口にしてしまうことがあるのはエイヴリルの悪いくせである。

ディランがハッと息を呑《の》んだ気配がするけれど、凹《へこ》んでいるエイヴリルは顔が上げられない。

しゅんとして、数秒後。

「すまない。君は悪女だ」

「えっ。悪女で大丈夫でしょうか、私」

この数秒の間に、ディランに一体何があったというのか。エイヴリルは目の前の青年の美しい顔を見つめる。

瞬きの回数はちょっと多い気がするが、そのほかは変わりない。いつも通り整っていて、冗談を言っているようには見えなかった。

「あっ……ああ。ここへ来てすぐ、街に買い物に行かせたら店で一番高いジュエリーを選んだだろう。さすがだな」

「あっ、そうですね。事故に近いところはあるのですが、一応しっかり見極めましたわ」

（実際には、本で見たことがないからお安いと思ったものの真逆だったのだけれど！）

褒められて頬を染めていると、ディランはまだ続ける。

「朝食も、こんなに手のかかるメニューを作らせて、非常に優秀だ」

「……はい！　固いパンを作るのって、なかなか時間がかかると思いまして」

「カビが生えないように湿度の調節も難しそうだな」

「料理人の方が頑張ってくださっていますわ」

王都の気候ならキッチンに数日放っておけばいいだけの話なのだが、なぜかディランは褒めてくれた。しかも、このパンはエイヴリルの好物である。

「わざわざ実家から連れてきた侍女のことも遠ざけている。最低で最高だな」

「そうなのです。邪魔なので、母屋の方に行かせて仕事は与えておりません……！」

（そして、こんなところで役に立ってくれるキャロル……！）

エイヴリルはキャロルとあまり仲良くしていない。けれど今は確実に好きだった。

「君が、悪女だということはよくわかった」

「おわかりいただけて何よりです」

ディランに絶賛されてほっとしていると、彼はとても落ち着いた声色に戻った。

「同時に、とても優秀な人間だということもわかった」

「……って、あっ、はい？」

ちょっと待ってほしい。

会話の温度差についていけないでいるうちに、ディランはまっすぐにエイヴリルを見つめてくる。

「……だから、ここから出ていかないでほしい」

「私が、出ていく……？」

「君を実家に送り返すようなことはしない。何があっても守ると約束する。だから、このままここにいてほしい」

それは、エイヴリルにとってもこれ以上ない幸せな申し出だった。まだしばらくここで快適な生活を送りつつ、長すぎる余生への支度を整えることができるのだから。

目の前にいるディランは、エイヴリルの仮の夫となる大人の男性だ。姿も声色も堂々としているのに、なぜか視線だけは縋《すが》るようで。

（……もちろん、三年が経つまでは出ていくことなんてしないわ。契約だもの、当然です）

納得したエイヴリルは悪女の笑みを浮かべた。

「はい。私は良き妻として、また影の薄い公爵夫人かつ世間から印象最悪の悪女として、精一杯契約を履行いたします」

「…………」

契約上の、仮の夫が遠い目をした気がするのはエイヴリルの気のせいだろうか。

「まぁ、いい。私たちは初対面が最悪だった。これから挽回《ばんかい》したい」

「……そうでしたか？　私にとってはとても素敵で忘れられません」

素晴らしい内容の契約結婚を申し入れられて、最高だった記憶しかない。

首を傾げたエイヴリルに、ディランはふっと優しく微笑んでみせた。

「……そういうところだ、エイヴリル」

閑話◆ディラン・ランチェスター

ディラン・ランチェスターが生まれたのは二十二年前のある雪の日のことだった。

領地から遠く離れた母親の実家で誕生したことを思えば仕方がないのかもしれないが、ランチェスター公爵家からは誰の見舞いもなかったらしい。

名門公爵家の跡継ぎが生まれたというのに、とんでもない無関心ぶりである。

（家族に恵まれなかったのは、エイヴリルも俺も同じということか）

ディランは、実家からの手紙に少しも目を通すことなく内容を把握した契約上の妻・エイヴリルのことを思い浮かべる。全く顔色を変えていないところが自分によく似ている気がした。

「ディラン様。どうかされましたか？」

クリスからの声かけに、ハッと我に返る。

夕方の書斎にはオレンジ色の夕日が差し込んでいて、今日の執務はもうほとんどが終わっていた。

「何でもない。ただ、昔のことを思い出していただけだ」

「そうですか。……あ、そろそろお母上にお見舞いの花でも手配いたしましょうか。ディラン様からのお花が届くと大変お喜びになると伺っておりますが」

「いいな、頼む」

ディランの答えに、クリスが書斎の隅に置いてある花のカタログを取りに向かう。これはいつもの光景だった。

カタログを持ってきたクリスは意味深に微笑む。

「もしかしたら、これはエイヴリル様にぴったりのお仕事かもしれませんね。ディラン様のお母上にぴったりのお花をお選びになりそうです」

「……ああ……確かにそうだな」

契約上の妻を思い浮かべたせいで、思わず力の抜けた言い方になった。クリスがプッと吹き出すのが聞こえて、同時にのほほんとしたエイヴリルの顔が脳裏に浮かぶ。

（母上とエイヴリルは全く違うが……エイヴリルを会わせたら、母上が元気になりそうな気がするのはなぜだ）

ディランの母は、名門侯爵家から嫁いできた箱入りのお嬢様だったらしい。

家柄だけでなく見た目も可憐で華やか。蝶《ちょう》よ花よと育てられ、これ以上なく完璧な縁談を組まれて輿《こし》入《い》れした先で待っていたのが遊び人の夫だった。

それが、運の尽きだった。

ディランの父は、公爵家の当主としても夫としても父親としても、どこをとっても最低だった。

領地経営を蔑《ないがし》ろにし、ディランが生まれた後はほとんど顔を合わせることもなく離れに入り浸ったらしい。その離れには何人もの愛人がいて、子どももできた。

ただ、後腐れなく遊べるよう、愛人に十分な金を渡し生まれた子どもたちは跡継ぎ争いには加わらないことになっていた。

そのおかげで公爵家の体面は一応保たれているものの、社交界ではひどい噂になっている。

繊細な少女のようだったディランの母は心を病み、変わり果ててしまった。

ディランが十歳で両親は離縁し、母は実家に戻った。それ以来、自室に閉じこもって夢の中にいる。今でも、ディランのことをまだ幼い少年だと思っているようだ。

跡継ぎであるディランは公爵家に残されたが、父親を憎んでいる。

ああはなりたくないと思っているが、悔しいことに親子だ。万一があるかもしれない。

そういう事情から、ディランは近しい親戚筋から養子をとり、自分の後継として教育するつもりでいた。それが誰も不幸にしない、最善の方法だと信じている。

（悪女を娶《めと》って捨てるという契約結婚を思いついたときには、あれほどに大嫌いな人間と血がつながっていることを認識して吐き気がしたな。皮肉なものだ）

自己嫌悪に陥りながら契約の相手を待っていた日のことを、苦々しく思い返す。

しかしそこへやってきたのが、悪女になりたいエイヴリルだった。

彼女は屈辱的な契約に怒るかと思えば、無邪気に目を輝かせ契約書にサインをしてくれた。

初日から様子のおかしさは感じていたが、今ではエイヴリルと関わったほぼすべての人間が毒気を抜かれ狐《きつね》に化かされた気持ちでいる。

けれど、ディランを含めた皆が、彼女がやってくる前よりも幸せなのは確かだった。

回想を終えたディランは花のカタログを閉じると、クリスを呼びつけた。

「クリス。明日、少し出かけてくる」

「承知いたしました。午後から予定が入っていますので昼前にお戻りいただけると」

「わかった。というか、お前も一緒に来てほしい」

「？　どういうことでしょうか」

「いい。付いてくればわかる」


翌日。ディランがわざわざクリスを連れやってきたのは、エイヴリルがお茶会用のドレスを購入したドレスショップだった。

「少し前にエイヴリルがここでとあるネックレスに興味を示していたと言っただろう？　それを教えてほしい」

「ああ、そういうことでしたか。なるほど」

「……今思えば、物欲のなさそうなエイヴリルが興味を示すなんて珍しい。何かある気がする、ただそれだけだから余計な詮索はするな」

「ディラン様はやはりお優しいですねぇ」

「……」

ニコニコと人好きのする笑顔で絡んでくる側近を、ディランは無視した。自分の顔が赤くなっている自覚があるのがまた面倒だった。

ドアマンに先導されて二人は店内に足を踏み入れる。

しかし、待っていたのは残念な知らせだった。

「……ネックレスがない、と？」

「はい。数日前に売れてしまいまして。申し訳ございません」

「買い戻すことはできないか？　うち——ランチェスター公爵家の名前を出していい」

「それは、なかなか……。お値段もかなり張るものでして」

恐縮して汗をかきつつも断りを入れてくる店員の様子からは、購入したのがそれなりに地位のある人物だと想像できた。

（購入した人物は聞き出せるだろうが、店経由で取り戻すことは不可能か。それならば別のルートを通じて働きかけるほかないだろうな）

推測しつつ、違う案を考えることにする。

「そのネックレスの前の持ち主についての情報はあるか？」

「はい、アンティークジュエリーでしたので、その辺はしっかりと」

店員は取引の情報が記されているらしいファイルを見せてくれた。

そこには、見覚えのある名前。

「——フランク・アリンガム、か」

「はい。十数年前にアリンガム伯爵家からオークションで買い取ったものを倉庫で保管したままだったのが最近見つかりまして、店頭に並べたばかりでございました」

「なるほど。そういうことか」

（フランク・アリンガムはエイヴリルの父親だ。先日送られてきた手紙に滲む高圧的な態度を踏まえると、恐らくエイヴリルの私物を勝手に売り払ったのだろう。そして、売り払われたネックレスのデザイン書を見るとかなり古いものだ）

つまり、この店でエイヴリルが欲しそうにしていたネックレスは誰かの形見ではないか、というところにディランの考えが落ち着いたところで、店員は汗を拭き拭き頭を下げた。

「少し前にも、とあるご婦人から問い合わせがあったのですが……。こんなにアンティークのパパラチアサファイアが人気とは恐れ入りました」

最後にネックレスを購入した人物の名前を聞き、ショップを出たディランはクリスに言い付ける。

「クリス。ネックレスの行方を調べてもらえるか」

「かしこまりました」

「……クリスと一緒にこの店へ来たとき、どうしてエイヴリルはそのネックレスを買わなかったんだ。どう考えても大切なものだろう。悪女なのだから、ジュエリーぐらいいくつ買ってもおかしくないはずだ」

苛《いら》立《だ》ちを隠せないディランに、困ったようにクリスは眉尻を下げた。

「無垢なお姫様ですから。そういう生き方をなさってきたのでしょうね。あなたのように」

その頃、アリンガム伯爵家には変化が訪れていた。

「ねえ。キーラ。私がこの前オーダーしたドレスが届かないんだけど、一体どうなっているの？」

不機嫌そうに告げてくるコリンナに、キャロルに代わって彼女付きの侍女になったキーラは眉根を寄せる。

「コリンナお嬢様。この前もお伝えしましたが、それは旦那様にご確認なさってください。支払いが滞っていては、新しく購入したドレスが届かないのは当然のことです」

「何よ！　あんたって本当に生意気ね。エイヴリルなんかと仲良くしているメイドなんて、側に置くんじゃなかったわ！　覚えていなさい。キャロルが戻ったら、あんたなんてすぐに追い出してやるんだから」

コリンナが喚《わめ》き散《ち》らしているのを、キーラはツンと澄まして無視した。それを離れた場所から見ていた父親――アリンガム伯爵が声をかける。

「コリンナ。その辺にしておきなさい」

「だって、お父様ぁ。この子、使用人の態度ではありませんわ……！」

「キーラも一生懸命やってくれているじゃないか。それに、キーラにまで辞められてしまったら我が家は大変だ。あまり文句を言わないでくれ」

「どうして庇うのですか!?　そもそも、ドレスが届かないのは前回のお買い物分をお支払いしていないからよね、お父様!?　家令のセバスチャンに言って、すぐに支払わせてくださいな！」

「……そ、それは。まぁとにかく、使用人には優しくするように。これは、当主命令だ」

「あぁっ、お父様……!?」

気まずそうに書斎へ引き上げていく父親をコリンナは恨めしそうに見送り、使用人たちはこの家の主たちに冷ややかな視線を送っている。

エイヴリルが出ていってからまだひと月ほど。アリンガム伯爵家の雰囲気は大きく変わった。

行き当たりばったりの領地経営で知られるアリンガム伯爵家の財政状況は、元々火の車だった。

そこへ急な借金の返済を迫られては、資金繰りがいよいよ厳しくなってくる。

いつもならどこかから借り入れて補填していたのだが、リンドバーグ伯爵家に一括で借金の返済を迫られているアリンガム伯爵家に、新たな融資をしてくれる金貸しなどない。

しばらくは賃金が支払われないことを知ったツテのある使用人の何人かは、見切りをつけて出ていった。そうでない者も転職活動に勤《いそ》しんでいて、屋敷は閑散としていた。

黙って話を聞いていた母親が、猫撫《ねこな》で声《ごえ》でコリンナに話しかける。

「ねえ、コリンナ。アレクサンドラ様からの申し出を受けてみたらどうかしら。前に『侍女として雇い入れてもいい』という内容のお手紙をいただいたときはひどいお話だと思ったけれど、よく考えてみれば悪くないかもしれないわ」

「嫌よ！　お母様までそんなことを言うの!?　私に、あのつまらない女の下で働けなんて！」

部屋の端でそれを見守っていたキーラはため息をついたのだった。

娘に詰《なじ》られつつ書斎に逃げ込んだアリンガム伯爵は、書類を前に髪をぐしゃりと掻《か》きむしる。

「全く、コリンナはあんなにわがまま放題に育ってしまって。エイヴリルは本音を話しすぎるところがあったが、文句は言わなかったというのに」

目の前には、書類が堆《うずたか》く積まれていた。

（こんなはずではなかった……エイヴリルにやらせていたのは、ただの書類と情報の整理だけのはずだ。それなのに、どうしてこんなにやるべきことが溜《た》まっていく）

領地を治め、領民を導くのは自分の仕事のはずだった。伯爵位を譲り受けたばかりの頃は優秀な側近が数人いたが、あまりにも自分のやり方に苦言を呈してくるので、暇を与えた。

亡くなった前妻の娘に抜きん出た記憶力があることがわかったのはその頃だった。

エイヴリルに書類の整理を任せて秘書のような役割をさせれば楽だった。もちろん、エイヴリルを冷遇する後妻と娘にはそこまで伝えることはない。

『ただの雑用係』と説明すれば二人は満足げだったし、『貴族令嬢なのに社交の場にも出してもらえず、気持ちの悪い能力を持ったばかりに雑用しかさせてもらえないかわいそうな子』として虚栄心を満足させられた。

そうして十年近くが経ち、急な縁談でエイヴリルが消えた書斎には内容のわからない大量の書類だけが残った。

「とにかく、早くアカデミーから優秀な人間を派遣してもらわないと。しかし、何度仕度金を催促しても返事がないのは……詐欺にでもあった気分だ」

先立つものがなくては、人は雇えないし去っていくばかりだ。

（資金に関しては、このままでは本当にまずいことになる）

「……リンドバーグ伯爵家から借金をする際、この屋敷と周辺の土地を担保にしてあるのだから」

このことは、妻と娘はもちろん誰にも言っていない。書類の整理を任せていたエイヴリルも知らないはずの事実である。

つまり、このままいけばアリンガム伯爵家は屋敷を失い、没落の一途を辿ることになる。

アリンガム伯爵は書斎に鍵をかけた後、書棚の一番奥、隠し扉を開けた先に現れた金庫の数字を合わせて扉を開けた。

そこには、土地と屋敷を担保にした契約書が隠されている。絶対に誰にも見せられない、重要な書類だ。何重もの鍵で守られた書類が、そこにある……

――はずだった。

「……ない」

呆然《ぼうぜん》とした声が、広い書斎に響く。

それは、エイヴリルが家を追い出される直前にちょこっと拝借し、使っていた使用人部屋のクローゼットに移し替えたせいだった。

だが、アリンガム伯爵はそれに思い至ることすらない。

第五章◆悪女とサロンコンサート

ランチェスター公爵家にエイヴリルがやってきてから二ヶ月ほどが経った。

エイヴリルが暮らす離れ――〝宮殿〟にはいつも通りちょっと変わった空気が流れている。

身支度を手伝ってくれていたグレイスが、ブラシを手に聞いてくる。

「エイヴリル様。今日はどのような髪型にいたしましょうか」

「そうね。全体的にぐるんぐるんに巻いて、髪飾りを着けていただけるかしら」

「……旦那様に伺っている今日のお出かけ先には向きませんね。ハーフアップにして、リボンを結びましょう」

「…………」

コリンナがよく好んでいた髪型をオーダーしてみたが、だめだった。

最近、エイヴリルは身支度を自分ですることがなくなった。

それどころか、朝になるとグレイスが音を立てずにやってきてカーテンをそっと開けて優しく起こしてくれる。

それをぼうっとしながら見つめて眠い目を擦っていると、いつの間にかサイドテーブルに白湯《さゆ》が置いてあるのだ。

初日は何が起こったのかわからず、白湯とグレイスを交互に見比べた。五往復ほどしたところで、彼女は頬を赤くして「身支度をお手伝いいたします」と言ってくれた。

もちろん高飛車に断ったが、「随分お優しい悪女ですね」と微笑まれて断れなくなった。

まだわずかな間しか一緒に過ごしていないはずなのに、エイヴリルが弱い言葉を熟知しているようで、解《げ》せない。

ちなみに、本来そのポジションにいるはずのキャロルが毎日何をして過ごしているのかは不明だ。けれど、母屋では悪女にいじめられることなく意外と真面目に働いているらしいという話は聞こえてきていた。お互いにメリットしかない関係である。

「ねえ。グレイスは今日の行き先を知っているのかしら？」

「はい、もちろんです。旦那様に、エイヴリル様をしっかり着飾るようにと承っております」

「……夜会ではないのよね」

「ええ」

今日は、ディランの誘いで夕方から出かけることになっている。

先日、そのために王都でも有数のドレス工房の職人がランチェスター公爵家を訪れ、エイヴリルにぴったりのドレスを作ってくれた。

夜にお出かけするためのドレスと聞いて、「悪女らしく露出が多いものを選ばなければいけない」とエイヴリルは意気込んだ。実際に、提示されたデザインは肩まわりが寒々しいものばかりで、スカート部分には深いスリットが入ったものまであった。

気が遠くなりかけたところで、旦那様も好きそうなデザイン、としてクリスから死ぬほどお薦めされたのが普通のノースリーブのロングドレスだった。

エイヴリルは「それならば仕方がないわね」とふんわり毒づきつつ内心ほっとしたのだが、薦めてくれた張本人のクリスが笑いを堪えていたことだけは意味不明である。

（グレイスが支度を手伝ってくれると、公爵夫人っぽい見た目になって助かるわ！）

後は素行の悪さを足すだけ、とばかりに支度を終え、馬車に乗り込んだエイヴリルにディランから知らされたのは意外な行き先だった。

「今日はサロンコンサートへ行く」

「って、貴族の方のお屋敷で音楽家の方を招いて行われる、あの……？」

「ああ。夜会ではないが、華やかな場だ」

「まあ」

ということで、今日の訪問先は王都内でも少し郊外にあるお城だった。

案の定、会場に到着したエイヴリルは心の声を抑えきれないことになる。

「素敵です……！　ここは、六百三十年前に建てられた古城ですね。当時の城主は王族の血を引き、かつ芸術の分野に造詣が深い方だったと聞いています。ご覧になってください！　この外壁の石の積み上げ方！　防御の要でありながらも当時としては斬新な美しさを追求しています。こんなふうにこの敷地のあらゆるところに当時の文化の名残が、」

「よく知っているな」

しまった。本で見たことがある場所に気持ちが昂《たかぶ》ってしまったが、悪女のお手本であるコリンナはこんなことは知らないだろう。慌てて方向を修正する。

「ええと、仮面舞踏会で来たことがあるので。そのときに少し」

「……エイヴリル。ずっと聞いてみたかったんだが、君は仮面舞踏会で一体何を？」

「!?」

「話せる範囲でいい」

ちょっとやめてほしい質問なのだが、ディランはなぜか上機嫌だ。

（悪女を揶揄《からか》うとは、ディラン様はなかなか手強《てごわ》いですね）

少し前なら取り繕いきれずに狼狽《うろた》えたことだろう。

けれど、先日エイヴリルは悪女としてのお墨付きをもらってしまった。ディランから絶賛されて、これ以上ないほどに褒めちぎられてしまったのだ。

だから今のところ怖いものはない。

「ディラン様。そのようなことをしゃべらせようなんて、無粋ですわ」

「もう少し仲良くなったら教えてくれるか？」

「なかよく？」

（それはどういう意味でしょうか……）

まるで三年以上先を見通しているような親しげな言い方だった。

意図がわからず、おっとりと首を傾げたエイヴリルにディランは自然な動作で肘を差し出してくる。エスコートをしてくれるのだろう。

「失礼いたします」

「まだ時間はある。ゆっくり見るといい」

肘に軽く手を添えるとディランはゆっくりと歩き始める。この古城をじっくり観察したいエイヴリルを気遣うような速度だ。おかげで、立ち止まることなく古城に夢中になれる。

（ランチェスター公爵家のお城は、真っ白い大理石がふんだんに使われた宮殿だけれど……ここはまるでおとぎ話に出てきそうな素敵な古城だわ！）

外見は石造りの古城でも、暮らしやすさのために中身を改築されているものも多い。けれど、ここは内部まで石造りで歴史を感じさせてくれる。

石畳の床を歩いて出る靴の音が、高い天井にカツンカツンと響く。

アーチ状の窓には電気を使った照明ではなく蠟燭《ろうそく》が灯《とも》されていて、この夜を雰囲気たっぷりに照らしていた。

（このお城は建築・芸術的に評価が高いだけではなく、小さな子どもが初めて読む絵本から有名なファンタジー小説までたくさんの物語の舞台になっているのですよね。想像がふくらみます！）

そんなことを考えては胸をときめかせているエイヴリルだったが、ふと隣を見上げるとディランも同じように頬を緩ませ、ひどく楽しげにしていることに気がついた。

「ディラン様。とても楽しいですね！」

「ああ。……今日、私がエイヴリルに行き先を伝えていなかった理由がわかるか？」

「もちろんわかりますわ。私では、ふさわしいドレスを選べないとお思いになったのでしょう？」

「いや、違う。きっと君はこんなふうに喜ぶと思った。それを一番近くで見たかったからだ。想像通りだった」

「……!?」

契約結婚の相手に対して、この言葉は甘すぎるのではないだろうか。しかも、とびきりの笑顔である。

エイヴリルは顔を赤くして固まってしまったが、ディランは気を悪くする素振りもない。「大丈夫か？」と思わず肘から手を離してしまったエイヴリルの手を取ってくれる。

一見冷酷そうに思える美貌の公爵閣下の、優しげな眼差しと甘い声色には周囲の人々も気がついているようだった。キャッ、と誰かの悲鳴があがる。

（ディラン様はこの場にいるだけでとても目立つ方だもの。それが、こんなふうに評判が最悪の悪女をエスコートしているとなれば……注目を集めますよね……）

自分がコリンナと同じ髪と瞳の色をした悪女ということだけが申し訳ない。

いや、エイヴリルにとってはそれでこそ満足なのだが、ついこそこそと確認したくなる。

「ディラン様は、私をこんなふうに外に連れて歩いてもいいのですか？」

「妻となる人を連れて歩くことの何がそんなにおかしい？」

「それは、」

エイヴリルは、本当の妻ではなく契約上の妻ですよ、と返すこともできた。

けれど、美しい横顔に鼻歌でも聞こえてきそうな表情を隠さないディランを見て、何も言えなくなってしまう。

周囲の注目を集めていることを知ってか知らずか、ディランは人が一番集まっているホールの入り口で立ち止まり、エイヴリルの耳元に唇を寄せた。

「エイヴリル。今日の君は本当に美しく聡明《そうめい》だ。ここの誰よりも、この古城のどんな芸術品よりも」

「……!?!?」

エイヴリルはぽかんと口を開けた。悪女にあるまじき振る舞いである。

（ディラン様は……社交の場面でもきちんと婚約者を演じていらっしゃる。すごいわ……!）

古城でのサロンコンサートは定期的に催されているらしく、観客同士はほとんどが見知った関係のようだった。

（視線が痛いですね……）

かつては大広間として使われていたと思われるホール。そこに置かれた豪奢な長椅子に腰を下ろしたエイヴリルは、ゆっくりと周囲の気配を辿る。

（びっくりするほど、皆様に見られています）

皆、前方に置かれたアンティークなピアノに注目することはなく、こちらを見ているのがわかる。

その視線のほとんどは、エスコートをされてここを訪れている夫人と令嬢方からのものだった。

鈍いエイヴリルがわかるほどなのだから、相当である。

耐えきれなくなったエイヴリルは、ディランに聞いてみる。

「ディラン様はこのコンサートによくいらっしゃるのでしょうか。周囲の皆様がこちらをものすごく気になさっておいでで」

「そのことか。ブランドナー侯爵家主催のこのサロンコンサートは歴史が長い。子どもの頃はたまに来ていたが、最近は久しぶりだな。そのせいもあるだろう。……居心地が悪いか？」

「いいえ、いいえいいいえ」

心配そうに空色の瞳を陰らせたディランに、エイヴリルはぶんぶんと首を振った。

なるほど、半分は美貌の公爵様のせい、残り半分は悪女の自分のせい。

今日のエイヴリルは存在だけで大成功なようである。

（ブランドナー侯爵家といえば、たくさんの音楽家を輩出されている芸術への関わりが深いお家《うち》ね。そんなコンサートに来られるなんて、契約結婚、ありがとうございます……！）

深く感謝したところで、見慣れた側近の姿がないことに気がついた。

「そういえば、今日はクリス様はご一緒ではないのですね。いつもは一緒なのに」

基本的にクリスはディランの仕事のサポートをしているらしい。けれど、エイヴリルが悪女っぽく振る舞おうとするときにはなぜか近くにいて、助けてくれる貴重な存在だ。

「クリスとも大分仲良くなったようだな」

「はい。クリス様は本当にいろいろなことを教えてくださいます。この前も、リンドバーグ伯爵家のアレクサンドラ様からいただいたお手紙に口紅をつけてお返事しようとしたら、香水を振りかけるくらいにしなさいとアドバイスをくださって」

この前、クリスにアドバイスをもらったエピソードを披露すると、ディランは「聞いていないな」と顔を引き攣らせた。

「何よりもまず、エイヴリルの周りにはそんなふうに振る舞っていた人間がいるのか」

「ええ。……ではなく、私がそうです」

コリンナの口紅がついた手紙を、郵便局に預けたことはある。だから、悪女とはそうやって手紙を送るものなのだと思っていた。

「それを真似とは……。無意識とは本当に恐ろしいな……」

「なんか、申し訳ありません」

話が嚙み合っていない気がする。よくわからないのでとりあえず謝ったところで、ディランはまたエイヴリルの手を取った。

「今日はデートだ。だから、クリスはいない」

「デート」

(デートって、デートですよね……あの)

自分には無縁だと思っていたイベントに、エイヴリルは目を瞬く。すると、ディランは低く甘い声でゆっくりと囁いた。

「そして、誰かに手紙を送るときに口紅をつけるのはやめてほしい」

「しょ、承知いたしましたわ」

（今の反応で、悪女の中でも特にはしたない振る舞いということは理解しました……！）

しっかりと頷くエイヴリルだったが、ディランの意図するところは少し違うようだった。

「その手紙は、受け取った方が動揺する。相手が君だと知っていれば、なおさら愛《いと》しく思う人間が出てくるかもしれない。私にとってもあまり気分がいいものではない」

「？」

気分がいいものではない、の意味がわからないでいると、ディランはエイヴリルの答えを待たずに続けた。

「エイヴリル。今日、帰ったら私にも手紙を書いてくれるか」

「ええ、もちろんですわ」

エイヴリルは手紙を書くのが好きだ。もし今夜、ディランに手紙を書くのなら、この古城のコンサートの思い出をたくさん書けるだろう。

日頃の感謝の気持ちと、契約をしっかり履行する決意も添えたいところである。

今夜の予定ににこりと微笑んでみせると、エイヴリルの手を取っていたディランの指先に少しだけ力が入る気がした。そうして、やっと耳に届くほどの小さな呟きが空気を揺らす。

「……君は、本当にかわいいな」

「……!?　かわいい!?」

驚いて、うっかり大きな声が出てしまった。

エイヴリルとディランのやりとりは、周囲でこちらの様子を窺っていた令嬢方のところまで届いたらしい。俄《にわか》にざわめきがホールに広がっていく。

(ディラン様こそ、お外で婚約者を大切にする演技が本当にお上手すぎませんか!!!)

エイヴリルは、ただ心からの賛辞を送るしかなかった。


その後すぐに始まったサロンコンサートは本当に素晴らしいものだった。

それはさておき、幕間《まくあい》、化粧室へと席を外した帰り道のエイヴリルはとても困っていた。

(……ど、どうしましょう。すっかり、覚えてしまいました……)

エイヴリルが何に困っているのかというと、かわいらしい音色に似つかわしくない難曲を響かせるバイオリンに対してである。

ホールから少し離れた場所の練習室で、六〜七歳ぐらいの男の子が一人でバイオリンを練習している。しかし、どうもそれが楽譜と違うのだ。

(そういえば、私も子どもの頃にコリンナの身代わりでサロンコンサートに出たことがあったわ。こんなに素敵な古城が会場ではなかったけれど……)

きっと、あの子もこの後サロンコンサートに出演するのではないだろうか。いや、これだけうまいのだ。絶対に出演するためここで練習をしているのだろう。

奇《く》しくも、この曲はそのときにエイヴリルがコリンナとして弾かされたバイオリン協奏曲と同じで、しかも同じ楽譜を使用したものだった。

記憶力がいいエイヴリルはいまだに楽譜を覚えているし、違うところまでわかる。

（出すぎた真似《まね》は良くない……けれど）

とにかく、どんな理由があれこんなところで盗み聞きしている自分は間違いなく不審者である。

練習室の入り口から中を覗いて、どうしましょうか、ともじもじしていると。

「誰」

とうとう投げかけられた男の子の声に、エイヴリルはびくりと肩を震わせた。

「こ、こんばんは」

「………」

挨拶をしてみると、男の子は剣呑《けんのん》な視線を送ってきた。煌めくようなブロンドにアメジストの瞳。

（間違いなく、将来は素晴らしい美男子になられますね……）

違った。男の子の美しさに見惚《みほ》れていたことに気がついたエイヴリルは、軽く頭を振る。

「通りかかったら素敵な音色が聞こえてきまして、つい……。もしかして、サロンコンサートに出演されるのでしょうか」

「はい。でも、出られなくなりました」

「出られなく……？　こんなにお上手で、今も練習をしているのに……？」

首を傾げたエイヴリルに、男の子はツンと澄まして言う。

「楽譜を忘れました。僕は緊張するとすぐ暗譜が飛んでしまうので。だから出られません」

「………」

あまりにもわかりやすくそして非情な理由である。

子どもらしくない言葉遣いとそこに滲む強がりのギャップに、エイヴリルは笑みが溢れそうになるのを抑えた。違うそうじゃなかった。この子は困っている。

さっきから同じ場所ばかり間違えて弾いているのも楽譜がないためなのだろう。緊張しているせいで、間違って弾いていることにも気がついていないのだと思えた。

（ということは、楽譜があれば出られるのね……）

エイヴリルが少し考え込んでいると、男の子は独り言のように告げてきた。

「たくさん練習して、楽譜はお守りがわりのはずなんです。でも……緊張すると頭が真っ白になる。今日だって『家のコネでなんとか出演をねじ込んでもらった』って言っていたのに……楽譜を忘れてそれすらも叶わないなんて、僕は馬鹿です。今頃、お母様は落ち込んでいることでしょう」

「……」

随分と大人っぽい話し方をする子どもだが、お母様、という響きには年相応の幼さが見えた。

（なるほど。それならば）

エイヴリルは、少し屈《かが》んで男の子と目線を合わせた。

「わかりました。まっさらな五線譜はありますか」

「ありますけど……」

不思議なものを見るような雰囲気の男の子に向かって、エイヴリルはふふっと微笑んだ。

「私も、子どもの頃にこの曲を弾いたことがあります。ですから、この楽譜を覚えていて、書いて差し上げられます」

「雰囲気じゃだめなんです。僕、本当に頭が真っ白になるから」

「大丈夫。ちゃんと書きます」

がっかりして首を振る男の子に、エイヴリルは重ねて告げる。

「ですが、『悪女のエイヴリル』が書いたことは絶対に覚えていてくださいね……！」

「あく……？」

男の子は目を瞬きぽかんとしている。

子どもには少し刺激が強すぎる言葉だったかもしれない。

いけない、と間の抜けた笑みを浮かべたエイヴリルはペンを取り、さらさらと楽譜を書き始める。

そうして、十数分後。

「書けました。確認していただけますか？」

「……すごい。記号まで欠けることなくきちんと書いてある……！　それに、あなたはとても字が綺麗ですね」

「ありがとうございます。お父様が溜めに溜めたお手紙の山に返事を書くのが仕事でしたから」

「……何だか、大人って大変そうですね」

「まぁ、ふふふ」

いけない。子ども相手では、つい気が緩んで自分が悪女だと忘れがちになってしまう。慌てて取り繕ったところで、男の子もエイヴリルの懸念と同じ疑問を持ったようだった。

「あなたは少し変ですね」

「へ、変」

エイヴリルの脳裏を『一度で何でも覚えられるなんて、どう考えてもおかしい』と詰るコリンナの顔がよぎる。

（もしかして、私はこの子を……怯《おび》えさせてしまったでしょうか）

「差し支えなければ、どの辺がおかしいのか教えていただけますでしょうか」

「あまり失礼なことは言いたくないので濁しますが、例えるなら……煮すぎて高級な食材の味が台無しになったスープみたいです」

「なんか、おいしそうですね」

「そういうところです」

少なくともエイヴリルにとっては大好物である。怖がられているわけではなくてよかった、と安《あん》堵《ど》していると、彼はさっきまで警戒心全開だったのが信じられないほどの笑顔を見せてくれた。

「僕の家は音楽一家なんです。今日のコンサートも、そのコネがあるから出られるのです。母に、あなたにお礼をお渡ししたいと伝えてまいります。少しお待ちいただけますか」

（まぁ）

随分としっかりした子どもである。けれど、エイヴリルは別にお金のためにしたわけではない。

「お礼なんて、結構です。私は、〝悪女〟のエイヴリル・アリンガムと申します。あなたのお名前を教えていただいてもよろしいでしょうか」

「僕はサミュエル・ブランドナーと言います」

「サミュエル……ブ、ラ、ン、ド、ナー、」

その家名は、さっきディランと話した「このサロンコンサートを主催する歴史ある名門」だった。

まずいことをしたかもしれない、と息を呑むエイヴリルに男の子は恭しく告げてくる。

「エイヴリル嬢、心の底から感謝します。僕の母は厳しい人ですが、あなたのような方のことはとても好きだと思います」

「そのように丁寧なお礼の言葉は私にはもったいないですわ。『悪女』のエイヴリル・アリンガムですから」

「はい。エイヴリル嬢」

小さな紳士・サミュエルはとてもかわいくて麗しい。

(なんてかわいいの……)

このサロンコンサートを取り仕切る重鎮に自分の名が伝わるかもしれないことは些《いささ》か不安だったが、エイヴリルは悪女だと三回も言った。

これで、間違って伝わることなどないだろう。

――そのはずだった。

ホールに戻ったエイヴリルを待っていたのは、ディランが貴婦人方に囲まれている姿だった。

「ディラン・ランチェスター公爵閣下。この度は、ランチェスター公爵家当主への就任、おめでとうございます」

「本当にお久しぶりですわね。こういった場にはなかなかお出ましになりませんもの」

「ディラン・ランチェスター様。うちの娘を紹介しますわ」

（……ええと？）

　騒々しい集団を前に、エイヴリルは自分の席に戻れなくなってしまった。

（ディラン様はどちらへ行かれても人気者ね。隣に陣取っていた悪女の私がいなくなったのだから、お話をしたいと思う方々が集まるのは当然だわ）

　その、当の本人がうんざりした表情をしていることまではエイヴリルには見えない。目立たずにこの場をやり過ごそうと空いた長椅子に腰を下ろすと、輪から外れた数人の声が聞こえてきた。

「ディラン様は公爵位を継がれる前も一部では知られていた存在よ。それなのに、どんな縁談もお断りしてきたというじゃない」

（やっぱり。傷物になっても強く生きていける令嬢をお探しだったのでしょう……！）

　エイヴリルは心の中で相槌を打つ。

「そうそう。それがどうして、遊び相手の婚約者から借金返済を迫られるような中途半端な悪女と婚約を？」

（それは、ディラン様がお優しいからですわ）

「エイヴリル・アリンガムにディラン様は騙されているんだわ。下品な夜遊びをしている方はこの場にふさわしくないし、ブランドナー侯爵夫人だってお認めになるはずがないわ。芸術への素養がない方がこのサロンコンサートに出入りするなんて、許せない」

（……私の悪女としての振る舞いには問題がないようです）

達成感でいっぱいである。エイヴリルは胸を押さえて幸せを噛み締めた。

ここまで『悪女のエイヴリル』が嫌われるのは、ディランへの好感度が高いからこそなのだろう。ランチェスター公爵家の使用人たちが見せるディランへの尊敬の眼差しに近いものを感じ取って、温かな気持ちになっていく。

（私は……とても良《い》いおうちに嫁いだようです。……契約結婚だけれど）

そのうちに、客席部分の照明が落とされて第二幕の始まりが告げられた。

暗くなってもわかるディランのオーラある佇まいと、その近くから退《ど》こうとしない母娘《おやこ》が見える。

会話の片隅に聞こえた「娘を紹介します」の続きと思えた。そして、悪女のお手本であるコリンナならあの場に行って「お退きなさい」と言うのだろう。

（でも今は、少しだけ悪女をお休みさせていただきます。だって——）

アンティークピアノの方に視線を移すと、さっき仲良くなった少年——サミュエル・ブランドナーが現れた。

（来たわ！）

かわいらしい少年の登場に、客席が俄に沸き立つ。その中、譜面台に置かれたのはさっきエイヴリルが書いたばかりの楽譜である。

哀愁を帯びたアンティークらしいピアノの音と、色彩豊かで煌めくバイオリンの音色。

　サミュエルの演奏は、とても素晴らしかった。


「――サミュエルの演奏は素晴らしかったですね！」

「あの少年は、そういう名前なのか？」

「……!?」

　独りごちたはずなのに、慣れた返事があってエイヴリルは驚いた。いつの間にかディランが隣に座っていることに気がついてさらに驚き飛び上がる。

「ディ、ディラン様！」

「どうして私の隣に戻らない」

「ええと。今は一人になりたかったといいますか」

　悪女業務をお休みしたかったといいますか。――とまでは言わずに収めたところで、ディランが不機嫌そうに眉間に皺《しわ》を寄せる。

　ディランが座っていたはずの中央の特等席に視線をやると、そこには「娘を紹介します」の母娘がいた。なんだか申し訳なかった。

「今日はデートだと伝えたはずだが」

「デートもですが、こういう場は楽しくあるべきです。私だけではなく、皆にとって」

「誰かに何か言われたのか。……一人で行かせてすまなかった」

いつもの威厳ある姿が信じられないほどに、目の前のディランはしゅんとしている。

（ええっと……！　そういうわけではないのですが……！）

第二幕が終わり、周囲では帰りの準備が進んでいた。それぞれが主催者や顔見知りの相手と挨拶を交わし、ホールから退出し始めている。

「ディラン様。私とのデートもですが、今日はほかに目的がおありだったのではないですか」

「……どうしてそう思う」

「最近は出入りしていなかった場に急にお顔を出されるなんて、何か事情があるのではと」

実は、エイヴリルはなんとなく違和感を抱いていた。ディランが自分を『次期公爵夫人』として公の場で紹介してくれることはありがたい。

しかしそれにしても、このサロンコンサートは特に高位な貴族のお遊びの場である。

『評判最悪の悪女』を連れ出すにはハイリスクすぎるのだ。――主に、ランチェスター公爵家の方には。

エイヴリルの問いに、ディランは敵《かな》わないというふうに笑う。

「実は少しな。ここを主催するブランドナー侯爵家との関わりを深めておきたくて」

「……なるほど。お仕事の事情だったのですね！」

「だが、それだけじゃない。これは本当だ」

「ふふっ。けれど、私がこのお城を喜ぶと思ったのも本当のことなのだとわかりますわ。ディラン様のお顔は正直です」

ニッコリ微笑んでみせると、ディランは「また君は、本当に」と呟いて長椅子の背もたれに腕を回した。

その仕草には美貌の公爵様の素顔が透けて見えるようで、エイヴリルはさらに笑みを深める。

(今日のディラン様は、なんだかいつもより身近に感じますね！)

悪女としての役割も果たせたし、古城に来られたのも、サロンコンサートも楽しかった。契約に含まれた『デート』だったのかもしれないが、身にあまる幸福に浸っていると。

「エイヴリル・アリンガム様。ディラン・ランチェスター公爵閣下」

急に名前を呼ばれた。しかも、一体どういうことなのかエイヴリルの名の方が先である。

驚いて立ち上がると、そこには品の良い夫人がいた。銀色の髪を綺麗に巻いてまとめ髪にし、身体に沿うデザインのドレスを上品に着こなしている。

「今日のコンサートを主催したヒヴァリー・ブランドナーですわ」

「ブランドナー侯爵夫人。私の妻となる人の紹介がまだでしたね」

「ええ。さっき噂を伺って、慌てて飛んできたところですわ」

(噂って……先ほど皆様がお話しされていた通り『中途半端な悪女』という噂でいいですか！)

ディランとの会話を聞いているだけで、エイヴリルにとっては嫌な予感しかしなかった。

「改めて、こちらはエイヴリル・アリンガム。アリンガム伯爵家からうちに嫁ぐ予定の令嬢です。まだ婚約期間中ですが、時期を見て正式に式を」

「エイヴリル・アリンガムと申します」

とりあえず挨拶をするしかない。『悪女の』と添えるべきか迷いつつ型通りの礼を終えると、ディランに優しく肩を引き寄せられてエイヴリルは目を瞬いた。

（すごい夫婦っぽいですね！）

ブランドナー侯爵夫人も同じことを思ったらしい。目を丸くして聞いてくる。

「まあ。随分と仲がよろしいことで。私も、つい先ほど息子からエイヴリル様のお噂をお聞きしまして」

「……ご令息から？　エイヴリル、どういうことだ？」

ディランから不思議そうな視線が投げかけられたので、エイヴリルは視線をはずす。事態はわりと良くない。知らないふりをするしかなかった。

「何のことか。わかりかねますわ」

「……このように、我が妻となる人は自他ともに認める悪女でして。ご令息との間で何があったのか、お聞かせいただけますと助かります」

ブランドナー侯爵夫人に向けられたディランの声色に笑みが含まれているのは、エイヴリルの気のせいだろう。

「ええ。そちらのエイヴリル様は、楽譜を忘れた私の息子に楽譜を書いてくださったと。ぜひお礼をさせていただきたいですわ」

「そのようなことが。私の婚約者がご令息のお役に立てて何よりです」

（やっぱりそのこと……！　しまったわ）

後悔しても遅かった。けれど、子どもをいじめる悪女がいていいというのか。いや否である。ということは、サミュエルを手伝わないという選択肢はなかったということになる。

つまり、ここは自力で乗り切るしかない。開き直ったエイヴリルはツンとして言い放つ。

「私は、何となく雰囲気で適当かついい加減に書いただけですわ。素晴らしい演奏をしたのはご令息に違いありません。ただ、偶然後押しになっただけのこと。感謝される謂《いわ》れはございません」

「まぁ。息子が言っていた通りね」

「サミュエル様、が？」

サミュエルは一体何を言ったのか。首を傾げたエイヴリルに、ブランドナー侯爵夫人は感激した様子で指を組んだ。

「エイヴリル・アリンガム様はお礼を申し出ても辞退される慎《つつ》ましいお方だと」

「!?」

（えええ……!?　どうしてそんな解釈に!?　というか、悪女って三回も言ったのになぜ伝わっていないの……！）

絶望感に襲われているエイヴリルの手を、つんつんと引く者があった。

「何でしょうか……、あら」

「さっきはありがとうございました。おかげで、とてもいい演奏ができました」

そこにいたのは『悪女』を端折《はしょ》ったサミュエル本人だった。

小さな紳士らしくお礼を告げてくる彼に、エイヴリルは目線を揃えてこそこそと問いかける。

「いいえ。サミュエル、今日は本当に素晴らしかったです！　……ですが、どうして私のことをお母様に『悪女』と説明してくださらなかったのですか」

「三回も悪女と言っていたので、大事なことなのだろうと思い、母には伝えました。しかし、恩人になんてことを言うのだ、と怒られました」

至極当然すぎた。

「ご、ごめんなさい！」

エイヴリルが頭を抱えると、頭上の方でディランが吹き出すのが聞こえた。

「申し訳ございません。私の婚約者はこのようなもので」

「ふふふ。お噂ではランチェスター公爵家は今後どうなるのかと思っておりましたが、心配なさそうですわね。お父上の代から疎遠になっていましたが、エイヴリル様がいらっしゃるなら、またぜひ関係を深めていきたいものですわ。音楽を嗜まれる方のようですし」

「私としても、この先のことを少しずつ改めなくてはと考えているところです。ブランドナー侯爵家には優秀な方が多い。実は、手を焼いている件にお力添えいただけないかと思っているところでして」

柔らかだったディランの声色が引き締まったものに変わっていくのを感じて、エイヴリルは顔を上げた。

（あ、これはお仕事のお話をされるのですね……！）

ピンときたエイヴリルは、サミュエルとともにその場を離れることにする。

「サミュエル、もう少しバイオリンを聞かせてくださいますか。私がピアノを弾きますので」

「はい。では、僕がピアノまでご案内しましょう」

エイヴリルは、差し出された小さな紳士の手を握る。

(悪女のふりは失敗したようですが……ブランドナー侯爵夫人以外の皆様はきちんと私を噂通りだとお思いのようですので、まぁよしとしましょう……!)

何よりも、自分はディランの役に立てたらしい。

悪女でいることももちろん重要だが、エイヴリルだって自分を大事にしてくれるランチェスター公爵家には貢献したかった。

——もちろん、契約結婚ではあるけれど。


エイヴリルとサミュエルの背中を見送りながら、ブランドナー侯爵夫人は不思議そうにしている。

「ディラン・ランチェスター公爵閣下。今日、私のところにいらっしゃったのはお仕事のお話でよろしいのかしら?」

「本当に仕事でもお力添えいただきたい件があるのですが……今日の目的についてはどうやら見透かされているようですね」

「ふふふ。婚約者とここまで仲がよろしいところを見せられてはねえ。私が最近購入したネックレスのことね？　あなたの片腕のクリス・ブロンテからお話は聞いていましてよ」

「……どうか、私にパパラチアサファイアのネックレスをお譲りいただきたい」

頭を下げたディランに、ブランドナー侯爵夫人はため息をつく。

「私、この古城のように趣のあるアンティークのジュエリーが大好きなのですわ。使われているのが希少価値の高い宝石であるなら、なおさら手放したくありませんの。滅多に出会えないこともわかっていますしね」

「私は彼女を喜ばせたい。そのためならどんな労力も厭《いと》いません」

「ふふふ。その言葉の本当の価値を理解できるのは、このサロンコンサートに通っていた子どもの頃のあなたを知っている私ぐらいね。いいわ、譲ってあげる」

「ありがとうございます。この恩は必ず」

「いいのよ。あなたのお母上には随分と良くしていただきましたもの。それにしても……アリンガム伯爵家で音楽を嗜まれるのは違うお名前の方ではなかったのかしら？　私、十年ほど前にサロンコンサートでアリンガム伯爵家のご令嬢の演奏を聞いたことがありましてよ。それがあまりにも堂々としてらして、些細なことには動じない様子でしたので記憶に残っていますの」

それを聞いたディランは、ふっと微笑んだ。

「……それはきっと記憶違いかもしれませんね。アリンガム伯爵家で音楽の素養があるのは、我が妻となるエイヴリル一人でしょうから」

第六章◆悪女は気づかない

帰り道。エイヴリルは馬車に揺られながらうとうとしていた。

（眠いわ……でも今日はとても楽しかった）

エイヴリルが眠くなっているのには理由がある。それは、隣に座っているディランが醸し出す空気がいつも以上に柔らかく穏やかだからである。

（いけないわ。さすがに、ここで眠ってしまうのは）

悪女どころか、淑女としても失格である。なんとかして睡魔に抗《あらが》うことを決めたところで、ディランが口を開いた。

「君の実家……アリンガム伯爵家に派遣する補佐が決まりそうだ。以前見せたリストには載っていなかったが、元々理想的だと思って目をつけていた人物だ」

目の覚める朗報に感謝しかない。

「まぁ！　ありがとうございます。どんなお方でしょうか？　いつからアリンガム伯爵家に？」

「早ければ、最終調整を終えて今月中にも。名前は、シリル・ブランドナー」

「……ブランドナー」

聞き覚えがありすぎる家名に、エイヴリルは目を瞬いた。

「ブランドナー侯爵家の二男《じなん》で、アカデミーを出て今は王宮で補佐官をしているらしい。一時的にだが、アリンガム伯爵家へ出向くことを承諾してくれた。あとはうちと縁遠くなっているブランドナー侯爵家に伺いを立てるだけだったんだが、エイヴリルのおかげでうまくいったな。ちなみに、素晴らしいバイオリンを弾くサミュエルは五男のようだ」

「ブランドナー侯爵家は子だくさん……」

「だな」

　ではなかった。

　さっき、自分とサミュエルが演奏を楽しんでいるうちに交わされた会話を推測したエイヴリルは、おずおずと頭を下げる。

「ディラン様、私は何も考えずに今夜のサロンコンサートを楽しんでしまいました。私だけ……申し訳ございません。そして、本当にありがとうございます」

（ディラン様は、今日のデートの目的の一つに『お仕事』を挙げられていましたが……実はそれすらも私のためだったのですね）

　押し付けがましくなく、さらりとしているところが何ともディランらしい。

「それよりも、私はあのサロンコンサートに行くのは久しぶりだと言っただろう」

「はい、伺いました」

「今日はそれよりも楽しい思い出になった。エイヴリルとここに来られてよかった」

「？　ディラン様……？」

いつもとは少し様子が違うディランに、エイヴリルは首を傾げる。

（そういえば、ディラン様はどうして契約結婚を希望されているのでしょうか）

エイヴリルにとっては契約結婚で全然問題がないしむしろ大歓迎なのだが、これまで一緒に過ごしてきて、ディランには正式な妻を迎えない理由が見当たらないのだ。

（でも、本人がお話しにならないことに触れるのは良くないわ。お互いに干渉しないお約束だもの）

踏み込まないことを再確認したエイヴリルは、話題を変える。

「ディラン様。私、宮殿に戻ったらディラン様にお手紙を書きますね。今日あった、とっても楽しいことをたくさん書きたいと思います」

「ああ。……楽しみにしている」


ということで、エイヴリルはディランに手紙を書いた。

口紅はつけず、香水も振りかけなかった。どちらもクリスのアドバイスである。

「ディラン様に小細工は必要ありません。むしろ効きすぎてはエイヴリル様が困ることに」と言っていたが、エイヴリルには全く意味不明だった。

しかし、手紙は大いに喜んでもらえたようである。

その結果、こんな事態になっていた。

「どうして、王太子殿下とこの国の才媛が私の宮殿に」

「それは少しすればわかることかと。今確かなのは、ここが宮殿ではないことだけです」

笑いを含んだクリスの声を背景に、エイヴリルは改めて現実を把握しようとする。

目の前には、麗しの王太子殿下・ローレンスと楚々《そそ》とした才媛・アレクサンドラがいた。

二人は先日のお茶会でエイヴリルのことが気に入り、もっと話がしたいとランチェスター公爵邸にやってきたらしい。

エイヴリルが暮らす離れ――宮殿一階のサロンではエイヴリル、ディラン、ローレンス、アレクサンドラが席についていた。それを背後から見守るクリスと、緊張した面持ちのメイドたち。

間違いなく、厳戒態勢でのおもてなしタイムである。

「……それにしても急すぎるのではないか。エイヴリルが困っている」

「あっいえディラン様、私は別に、」

「エイヴリルも何でも微笑んで受け入れるのはやめろ。嫌なことは嫌だと言っていいんだ」

「ここでの暮らしで、嫌なことは何一つありませんわ。とても幸せですから」

嫌なことといえば、悪女ではないと追い出されることだけである。

エイヴリルとディランの会話を聞いていたローレンスは、あはは、と声をあげて笑った。

「ディランがこんなに女性を気遣う姿を見るのは初めてだな。新鮮だよ」

「王太子殿下は、ディラン様と長いお付き合いでしかも仲がよろしいのですね」

「ああ。私は彼のことをなんでも知っているよ」

エイヴリルの問いに答えたローレンスは、含みを持たせつつ続ける。

「たとえば、婚約者にもらった手紙を大切に手帳に挟んでいるとかな」

「!?」

（なんですか、それは……！）

予想外すぎる言葉にエイヴリルは目をぱちくりとさせた。意味がわからない。

「こ、婚約者、って……私のことでしょうか？」

「ほかに誰がいる？　だから、今日はここに来たんだよ。さすがにそこまで知ってしまったら、二人がどんな毎日を送っているのか気になるだろう？」

「……やめてくれ、ローレンス」

ディランは口元を押さえて不機嫌そうにしている。

（ディラン様が、お外でも婚約者に夢中な演技を続けていらっしゃるなんて……）

この契約結婚には相当な理由がありそうだ。エイヴリルがそう思ったところで、アレクサンドラがすっと立ち上がった。

「今度うちで新しく雇い入れる予定のメイドのことで、ランチェスター公爵閣下にご相談がありますの。混み入ったお話になりますので、別室でお時間をいただいてもよろしいかしら？」

「……ああ」

（これは、お仕事のお話ね……）

悪女たるもの、恋路の邪魔をしても仕事の邪魔をするわけにはいかない。

エイヴリルは席を外す二人を見送ってから、残されたローレンスに向き直る。すると、彼はディランとはまた違うタイプの美しい顔に穏やかな笑みを浮かべた。

「――エイヴリル嬢。少し、話に付き合ってもらってもいいかな？」

「はい。どんなお話にいたしましょうか」

エイヴリルはニコニコと応じてはみた。けれど、残念なことに王太子であるローレンスに足る話題を持ち合わせていないような気がする。

メイドのグレイスは何かを悟ったのか、ケーキスタンドに焼き菓子を大量に盛り付けていく。

初めは美しく盛られていた焼き菓子がついには重なり、ぐらぐらと揺れ始めた。

これを食べて間を持たせろという優しさなのかもしれないが、いくら何でも二人揃って頬いっぱいにフィナンシェを詰めるわけにはいかない。

（コリンナなら、どんなお話をするのかしら）

参考までに、悪女の手本である義妹の姿を思い浮かべてみる。

（きっと、コリンナはローレンス殿下を誘惑しますね、ほぼ間違いなく確実に）

とんでもない答えが出てしまった。

名だたる才媛かつ有数の大富豪の娘であるアレクサンドラの婚約者に、姉妹で二度もちょっかいを出したとなると、アリンガム伯爵家はただの借金返済では済まないだろう。

今度こそ慰謝料まで請求されて、担保に入っている土地と屋敷は確実に消える。それからエイヴリルがもらう予定の慰謝料と支度金まで払ってもまだ足りないかもしれない。

「恐ろしいわ」

「そこまで威圧しているつもりはないんだがな」

ローレンスの言葉に、エイヴリルはハッと我に返る。思ったことが普通に口をついて出るのは、エイヴリルの悪いくせだった。

（しまったわ……！）

「申し訳ございません。つい、意識が飛んでしまいまして」

「……ローレンス王太子殿下、エイヴリル様。会話のお供に、ボードゲームはいかがでしょうか」

慌てて頭を下げると、背後からクリスが助け舟を出してくれた。しかし、明らかに笑いを堪えた声色である。

「いいな。準備してもらえるか」

「承知いたしました」

数分後。目の前のチェス盤を見つめながら、エイヴリルは立ち回りを考えていた。

（チェスのルールは知っているし、使用人仲間の皆とも遊んだことがあるわ。問題は悪女としてどう振る舞うか、ね）

上品に微笑んで夫となる人への来客の相手をするエイヴリルは、次期公爵夫人としてほぼパーフェクトのはずだった。

けれど、その相手は社交界への影響力が絶大な王太子殿下である。「悪女・エイヴリルは意外とまともな淑女だった」という評判が広まり、ディランが「傷物扱いになる前に取り止めよう」と契約を履行してくれなくなったら困るのだ。

（夜の遊び場では、賭けチェスが行われると聞いたことがあるわ。だったら……）

「私は、これを賭けますわ」

エイヴリルは、さっきメイドが大量に盛り付けていった焼き菓子を指差した。

これは、ランチェスター公爵家のこの宮殿で焼かれたものだ。自分が仮の主人なのだから、問題ないだろう。

背後でクリスがごほんごほんと咳《せ》き込《こ》んだのが止んでから、ローレンスが穏やかに聞いてくる。

「……エイヴリル嬢はいつもこうしてボードゲームを？」

黒曜石のような美しい髪に手を当てて瞬きを多くしているのは気のせいだろう。

「ええ。賭け事がないと気が進みませんの」

「……なるほど。では、私はこれを賭けようかな」

この国の王太子は賭け事に寛容なようである。エイヴリルの提案に怯《ひる》むことがなかったローレンスは、小さな箱を取り出して開ける。

その中に入っていた意外なものに、エイヴリルは首を傾げた。

「これは……封蠟？　印章、でしょうか」

「そうだ。これはかつてランチェスター公爵家の女主人が使っていた封蠟印だ。もし君が私に勝ったら、これを渡そう」

（どうしてそのようなものをローレンス殿下が）

女主人の封蠟で閉じられた手紙は、その名の通り家の意思に等しい。もちろん、ディランとの契

約ではそれがエイヴリルに預けられることはない。

（きっと、ディラン様はこれをローレンス殿下に預けていらっしゃったということよね。わざわざ今日この場にお持ちだった理由は置いておくとして……。これを賭けの対象にしてもいいのでしょうか……）

ぱちぱちと目を瞬くエイヴリルの戸惑いをものともせず、ローレンスは告げてくる。

「私とディランは旧知の仲でね。さぁ、始めようか。先攻は譲ろう」

（……もしかして、これは私たちの契約結婚に関わっているのかしら）

エイヴリルはぼうっとしたままポーンを手に取る。

そうして、チェスは始まった。

「単刀直入に聞くんだが、私は君たちの縁談の経緯を噂通りにしか知らなくてね。エイヴリル嬢、君の口から説明してもらってもいいだろうか？」

コツン。

（そ……それは、仮面舞踏会でやらかしたことをお話しすればいいのでしょうか……）

あいにくだが、エイヴリルは仮面舞踏会に行ったことはない。けれど、コリンナのように品のない遊び方をしているのは一部だということぐらいはわかる。

それぐらいの知識で、目の前の王太子殿下を欺けるのか。いやそんなはずはなかった。

コツン。コツン。コツン。

「私は、少し夜遊びがすぎたのです。その噂が悪女好きなディラン様のお耳に入り、縁談のお話をいただきました」

「その話はアレクサンドラにも聞いたな。ディランが悪女好きなんて意外だった」

よかった。お茶会で、アレクサンドラ様にディランが好きな女性のタイプは『悪女』だと伝えたことが功を奏したようである。

「ああ見えて、ディラン様は露出多めのドレスを着た女性がお好きなようです。夜遊びも一緒にお出かけなさりたいタイプなようで、仲良くさせていただいています」

「仲良く」

「はい、先ほどのお話ではお手紙も持ち歩いてくださっているようですし。悪女の私と悪女が好きなディラン様とは仲のいい夫婦になれるかと」

ローレンスの端整な顔に、瞬きが目立ち始めた。

「……なるほど。君のような女性は、実は私も嫌いではないかもしれないな」

「!? なんてことを。お気を確かに」

ここにいるのが本当の悪女・コリンナでなくてよかった。アリンガム伯爵家が跡形もなく消え去らずに済んだことに、エイヴリルは心の底からほっとする。

コツン。コツン。

「しかし、私の婚約者はそうは思っていない様子でね。一応、この件に関しては当事者のはずなんだが、君のことをとても気に入っている」

全然よくなかった。

コツン。コツン…………

（確かに、私――悪女のエイヴリル、に元婚約者との関係を壊されたアレクサンドラ様が仲良くしたいと仰るなんて、ローレンス殿下から見たらどう考えてもおかしいもの）

コツン。コツン。コツン…………

いつの間にか、クリスとメイドのグレイスは席を外していた。

駒がチェス盤の上を進む音だけが室内に響く。

まずい事態になってしまった。これは、エイヴリルがコリンナと入れ替わっていると知られるのは時間の問題ではないだろうか。

（アレクサンドラ様は私がコリンナではないことを知りながら、秘密にしてくださっているけれど……これ以上はもう）

さすがに、嘘はつけないだろう。

「……詰みました」

「この場合、本当の意味で詰んだのは私の方だな」

（……え？）

ローレンスが苦笑する声が聞こえて、エイヴリルは飛ばしきっていた意識を取り戻した。

チェス盤には、あと一手でチェックメイトできるキングが残っている。

信じられない。

「えっどうしてこんなことに!?」

「アレクサンドラが言っていた通りだな。手加減はいらないタイプのようだ」

ローレンスは「私の負けだ」と言いながら、封蠟印が入った箱をエイヴリルに渡してくる。

（ちょっと待って……！　こんなことある!?）

「お待ちいただけますか。ええと、多分これは何か反則があって」

「反則をした悪女が口にする言葉じゃないな。却下だ」

何が楽しいのか、ローレンスはくつくつと笑っているがエイヴリルはそれどころではない。

（だって、この印章はディラン様がローレンス殿下に預けていたとても大切なものなんでしょう……？　それを受け取れないわ）

エイヴリルは目を瞬きチェス盤と箱とローレンスを順番に目で追う。ローレンスはそんな様子すら楽しむように、聞いてきた。

「エイヴリル嬢にディランとの縁談の話が行ったとき、ランチェスター公爵は『すきものの老いぼれクソじじい』という噂だったと思うんだが。それを聞いてどう思った」

「ええと、私が聞いたものよりもすごい二つ名ですね、それは」

「はは。実際そうだったからな。あのクソじじいのせいでディランの人生はめちゃくちゃにされたようなものだよ」

「…………」

ディランから聞いたことのない話に、エイヴリルは目を伏せた。

（これは……何の覚悟もなしに聞いていいお話ではないような気がするわ……）

「だから、婚約をすると聞いて心の底から驚いたのだ。あの、家族になんの希望も持っていないディランが妻を迎えるというのだからね。初めは契約結婚の類かと疑ったが、お茶会で紹介された君を見てそうではないと確信した。この印章は随分前にディランから預かったものだ。君にもらった手紙を手帳に挟んでいるのを見て、返すべきだと思った」

「ではお返しするのなら、ディラン様に」

「いいや。これは君からディランに返すといい。あいつは詳しい事情を話していないようだ」

「あの、でも」

これは、ただの契約結婚の相手にすぎない自分が踏み込んでいい話ではない。エイヴリルは固辞しようとしたが、ローレンスは聞いてくれなかった。

「さぁ、そこにある大量の焼き菓子を皆で食べようか？　アレクサンドラとディランの話も終わった頃だろう」

がらりと明るい声色になったローレンスはテーブルの端に置いてあった鈴を鳴らしてメイドたちを呼んだ。静かだった室内に人の気配が戻ってくる。

遠くからディランたちの声が聞こえてくる中、エイヴリルは肩を落とす。

（詳しい事情も何も、私たちは契約結婚なのです……）

ローレンスとアレクサンドラの訪問は、日が落ちた頃にお開きになった。

「お腹がいっぱいですね……」

楽しい時間を過ごし、二人の乗った馬車がランチェスター公爵家の門から帰っていくのを見送りながら、エイヴリルはお腹をさすって呟く。

　グレイスが山のように盛った焼き菓子は多すぎた。

「グレイス……あのメイドに一般的な量を教え込まないといけませんわ。でも、私が給仕をする側だったなら、お菓子で会話を持たせる作戦は思いつきません。それを考えると、やっぱりランチェスター公爵家の使用人の方はさすがですわ」

「……〝私が給仕をする側だったら〟？」

「いえ、何でもありません」

　うっかり、口を滑らせて自分が使用人として働いていたことを話してしまった。

　隣のディランが生温かい微笑みを浮かべたのを見て、エイヴリルはこほん、と咳払いをする。

「今日は有意義な時間をありがとうございました。ローレンス殿下とお話をする時間をいただけて、とても新鮮でしたわ」

「ローレンスとのチェスは楽しかったか」

「はい、それはもう」

　そう答えつつ、頭の中にさっき自室の引き出しにしまってきたばかりの印章が思い浮かぶ。

　ローレンスが帰ったらすぐにディランに渡そうと思った。

　けれどなんとなく気が進まない。

（あれを私が持っていることを知ったら、ディラン様は複雑な事情を無理にお話ししてくださることになるかもしれない。そんなの良くないわ。自然とそのときが来るまで、大切に保管しておくことにします……）

印章の取り扱いについて心に決めたところで、ディランが思い出したように聞いてくる。

「しかし、エイヴリルが連れてきたメイド――キャロルは何をしているのだ？　こういうときこそ彼女の出番では」

「あら、そういえばそうですねえ。きっと、悪女な私にいじめられてお手紙でも書いているのではないでしょうか」

「……誰に」

「さあ」

エイヴリルはふふっと微笑んでごまかしたが、その相手は間違いなくキャロルの主人・コリンナだった。

それから少し後。アリンガム伯爵家のサロンではコリンナが高笑いをしていた。

「ねえお母様見て？　これ！　エイヴリルったら『美貌の公爵様』に全然相手にされていないみたいなの。かわいそうだわ」

「あら。それはキャロルからのお手紙ね？　読んで聞かせてちょうだい？」

背後では、古物商たちが絵画や壺を運び出している。

すっかり火の車になったアリンガム伯爵家の台所事情を表していたが、コリンナと母親は動じることがない。

二人にとっては、代々引き継がれてきた豪奢な調度品がなくなったところで痛《いた》くも痒《かゆ》くもない。むしろ、家のお財布事情が元通りに戻ったら自分たちの好みのものを買い揃えればいい、それぐらいに軽く考えていた。

「ええ。キャロルによると、エイヴリルは公爵様には一度もお目にかかっていないみたいなの。ずっと離れに閉じ込められていて、皆から無視されているみたい。……なんだかかわいそうだわ」

「本当ね。でも、笑ってはいられないわ。もしかして、支度金がなかなか送られてこないのはそのせいかもしれないもの。こんなことになるのなら、コリンナをお嫁に行かせるべきだったわ。でも『辺境の地に住む好色家の老いぼれ公爵閣下』と聞いていて、そんなところに大事な娘を嫁がせるわけにいかないじゃない」

コリンナは、頭を抱えてしまった母親の肩を優しく支える。

「大丈夫ですわ、お母様。今からでもまだ間に合いますわ」

「まだ間に合う、って……。エイヴリルはもう悪女として嫁いでしまったし、あなたは近いうちにリンドバーグ伯爵家でアレクサンドラとかいう頭でっかちのご令嬢に仕えることになるのよ？」

あと数週間でコリンナは王都のリンドバーグ伯爵家に向けて出発することになっていた。当然、アレクサンドラの侍女になり借金の返済を遅らせるためである。

けれど、コリンナにとっては不本意なことこの上ない。

この要請を呑んだのはお金のためもあるが、アレクサンドラの婚約者・王太子ローレンスを落とし一気に玉の輿に乗ることを考えたからである。

しかし、調べたところによるとローレンスはあいにくアレクサンドラに夢中らしい。

いつもならそんなことはお構いなしに色仕掛けに出るが、好みがアレクサンドラのような堅物令嬢となると勝ち目はなかった。

それでも、コリンナがリンドバーグ伯爵家行きを決めたのは目論見《もくろみ》があってのことだ。

「ねえ、お母様。この手紙には、ランチェスター公爵閣下はエイヴリルと一度も顔を合わせていないと書いてあるわ。あのキャロルが私に嘘を言うはずがないから、これは事実よ」

「そのことに何の意味があるのかしら」

「お母様。お忘れかもしれないけれど、私とエイヴリルは子どもの頃に出演するサロンコンサートで入れ替わったことがあるぐらい、外見がそっくりなのよ？　今回だってきっと騙せるわ。あの子はどんくさいもの。嫁ぎ先では味方の一人もいないことでしょう。」

「それじゃあ、コリンナ……！」

縋るようにして目を輝かせた母親を前に、コリンナは悪女らしくひやりとした笑みを浮かべる。

「ええ。王都へ行くついでに私がランチェスター公爵家に行って入れ替わってくるわ。そして私は公爵夫人の座に就き、この家には支度金と多額の支援を。エイヴリルはあの堅物の下でいじめられればいいんだわ」

第七章◆無知な訪問者

エイヴリルが王都にあるランチェスター公爵家にやってきて数ヶ月。穏やかだった季節は変わろうとしていた。

春の花々が咲き誇っていた庭園に青々とした木々が生い茂るようになったのを『宮殿』の窓から眺め、エイヴリルは久しぶりに会った自分の侍女に話しかける。

「キャロル。最近、アリンガム伯爵家とは連絡をとっているのかしら？」

「……まぁ、それなりには」

「この前ね、ディラン様にドレスを買っていただいたの。コリンナ好みのデザインではないけれど、生地が繊細で上質で……。いつになったらクローゼットから消えるのかしらって思っていたのだけれど、消える気配がないの」

暗に『コリンナの言い付け通りドレスを横流ししなくていいのか』というエイヴリルからの問いに、キャロルは歪んだ笑顔を見せた。

「エイヴリル様はいつもそうやってお話しになったらいいんじゃないですか。きちんと悪女っぽく見えますよ」

「ふふふ。褒められてしまいました！」

エイヴリルがキャロルと顔を合わせるのは、本当に久しぶりのことである。

侍女としてこの家に一緒に来ておきながら、キャロルがエイヴリルの身の回りの世話をすることはほとんどない。

（アリンガム伯爵家でのコリンナはお姫様だったもの。そのコリンナ付きの侍女だったキャロルは私よりも上の存在だったわ。格下だった私のお世話なんてやっていられないですよね……）

キャロルの心情はエイヴリルものんびりと察するところだった。

きっと、キャロルにとってはエイヴリルの情報を横流しすることが最大の任務なのだろう。

エイヴリルとディランの関係が契約結婚だということは、ランチェスター公爵家でもごくわずか――ディランとエイヴリルとクリス、ぐらいしか知らない。当然キャロルが知るはずもない。

だから、契約結婚のことさえコリンナに知られずに済むなら、エイヴリルにはどうでもよかった。スパイでも何でも好きなようにやってほしい。

（……けれど）

エイヴリルは、キャロルがコリンナの言いなりになり機嫌をとり続けないといけない事情があることを知っていた。

キャロルには病気がちな母親と幼い弟妹がいて、家族を養うために一家の大黒柱としてアリンガム伯爵家に勤めているのだ。

主人であるコリンナの機嫌を損ねたら、一家で路頭に迷うことになる。

王都のランチェスター公爵家に来てからエイヴリルの世話を放棄しつつ母屋ではきちんと働いて

いるのも、いざというときに備えているのだろう。

その事情を踏まえると、彼女がずっと一緒に王都で暮らしていることが気になって仕方がない。

けれど自分が聞いてもいいものなのか。

エイヴリルが迷っていると、キャロルは硬い表情をして言った。

「今日はいいお天気です。お庭に散歩に行かれてはいかがですか」

「……？」

（キャロルがこんなことを言うなんて珍しいわ）

やはり実家が心配で寂しくなってしまったのかもしれない。チャンスとばかりに、エイヴリルは聞いてみる。

「キャロルはそろそろアリンガム伯爵家に戻りたいのではないかしら？　ずっと故郷を離れていては不安だものね。もしよかったら、情報担当は他の方にお願いするようにお手紙を書いてみましょうか。情報の横流しだけなら、私が自分でやってもいいですし」

「…………」

エイヴリルの言葉にキャロルは心底驚いた様子だ。目を泳がせて少し間を空けてから、唸《うな》るように呟く。

「……それスパイの意味ないじゃないですか。エイヴリル様は本当に無能ですね」

「あら、本気だったのだけれど」

おっとりと微笑んでみせると、キャロルは苦虫を噛み潰したような顔になった。

「あなたは余計なことを考えなくて結構です」

「あら、どちらへ？　私と一緒にお散歩は？」

「もういいです！　あなたと一緒にいては無能が移りますから！」

「まぁ」

エイヴリルが言葉を返す前に、キャロルは部屋を出ていってしまった。一体何をしに来たのだろうか。

（せっかく久しぶり会ったのに、まともに話せなかったわ……）

それと入れ替わりにクリスが入ってくる。

「……久しぶりに顔を合わせたあなた付きの侍女と喧嘩《けんか》ですか」

「はい、少しいじめすぎたようです」

エイヴリルの返答にクリスは答えることなく、ただへらりと笑った。

「一つ確認なのですが、男娼《だんしょう》の方が門のところにおいでで。エイヴリル様とお約束があるので通してほしいとの一点張りなのですが、お呼びになりました？」

「だんしょうのかた」

「はい、男娼です」

「…………」

男娼とは、という言葉が真っ白になったエイヴリルの頭の中を駆け巡る。

コリンナがこっそり呼んでいるのは見たことがあった。

それは「予定の穴埋めで暇つぶし」らしかったが、お茶を出すために部屋に行ったとき、膝が出るはしたないスカートを穿《は》いたコリンナがその美しい客人にしなだれかかって座っていた気がする。

その場面を思い出すだけで、顔から火が出そうだった。

（……というと、あの、男娼ですか!?）

数秒間を使ってやっと意味を理解したエイヴリルは、一瞬で真っ赤に染まり上がった。

それを見たクリスは生ぬるい微笑みを浮かべ平坦《へいたん》な声で告げてくる。

「ですよね。どうせそういうことだろうと思いました。聞いた私が馬鹿でした謝ります申し訳ありません」

「いえ、あの、呼び……お呼びしたことはありますが、今日はまだ呼んでいないといいますかこれから呼んでも……ええ、呼べ……呼べますわ」

「無理はしなくても大丈夫ですよ、お姫様。ですが冗談でもディラン様の前でそれを仰らない方がいいかと。ご自分の身のためです」

「わかりました！　とにかく今日はまだ呼んでいませんわ！」

もう何が何だかわからない。悪女には当然の来客なのかもしれないが、今日のところは呼んでいないしふさわしい対応もできなかった。

エイヴリルがすっかり熱を持った頬を両手で隠してぱちぱちぱちぱちぱち瞬いていると、クリスはへらっとした笑みを引っ込めて真剣な表情をする。

「……となると、少し困った事態になりましたね。ディラン様が外出先から戻り次第ご相談しましょうか」


「……は？　通せない、ですって？」

　ランチェスター公爵家の正門前。

　エイヴリルと同じ色の髪の毛を帽子で隠し、色付きのメガネをかけたコリンナは憤慨していた。

　それをものともせず、門番は慇懃《いんぎん》に返す。

「はい。まずはいろいろとお伺いしたいことがございますので、裏門からお越しいただいてもよろしいでしょうか」

「う、裏!?　私たちに正門を通るなということなの？」

「はい。男娼様御一行ですよね。ご事情は、裏門をお通りになってから家令が伺います。一つ、確実に申し上げられるのはエイヴリル様がここにいらっしゃることはないということだけです」

「私はエイヴリル・アリンガムと約束をしているの。彼らは悪女のエイヴリルに呼ばれたのよ。最近は大人しく引きこもっているかもしれないけれど……とにかく、通してくださらない？」

　コリンナが顎で指し示す先では、美しい青年が営業スマイルを浮かべている。コリンナがわざわざ王都まで連れてきた、お気に入りの二人だった。

（こんなはずでは……！　どういうことなの！）

アリンガム伯爵家を出て王都に到着したコリンナがやってきたのは、リンドバーグ伯爵家ではなくランチェスター公爵家だった。

計画では、コリンナは『エイヴリルは悪女』という評判を利用してランチェスター公爵邸に忍び込み、エイヴリルを拉致し代わりに自分が残る予定だった。

屋敷の中にさえ入ってしまえば、協力者のキャロルがいる。

公爵様に一度も面会できていないエイヴリルの顔は使用人にすらほとんど知られていないということだったし、計画は容易なはずだった——が。

（キャロルはどこよ。この時間にエイヴリルを連れて散歩に出るよう伝えてあったのに……！）

実際にはキャロルは現れず、しかも門番に行く手を阻まれ、コリンナは焦っていた。

「そこまで仰るのでしたら、エイヴリル様に直接確認してまいります」

門番の言葉に、コリンナは眉根を寄せた。

（ふーん。公爵家に嫁いだのに、『奥様』ではなく名前で呼ばれているわ。美貌の公爵様には会ってもらえず、使用人には無視されているというキャロルの報告そのままね）

今日のところは強行しても仕方がない、と判断したコリンナは一先《ひとま》ず退散することにする。

「い、いいわ。そこまで言うなら。約束の時間を間違えたのかもしれないし」

「は。先ほどまでとは話が全く」

「こんな昼間っから男娼遊びをするはずがないじゃない。……行くわよ！」

「…………」

怪しまれる前に逃げるが勝ちである。コリンナは門番を煙《けむ》に巻《ま》くと、二人の美青年の手を取って馬車に乗り込んだ。

そして、走り出した馬車の中からランチェスター公爵邸を眺めた。

「何ここ！　本当に素敵なお城じゃないの。ここに嫁げるのなら、私が自分で来ていたわよ。今日だって、キャロルがきちんとエイヴリルを門まで連れてきてくれたらうまくいったのに。次の失敗は許さないわ。……キャロルの家族の未来は私が握っているんだから」

その日の夜。

母屋にあるディランの書斎に呼ばれたエイヴリルは、懐かしい本の匂いに癒《いや》されつつ、困惑していた。

（書斎の紙とインクの匂いって、どうしてこんなに落ち着くのかしら……！　ではなかったわ。なぜ、私はこんなところにいるの）

緊張感に欠けるエイヴリルとは反対に、ディランとクリスは厳しい表情をしている。

「クリス。今日の出来事をもう一度説明してくれるか」

「はい、ディラン様。今日の日中、ディラン様のご不在時にエイヴリル様をお訪ねになる怪しい男女の訪問がありました。門番が追い返して事なきを得ましたが、安全確保のため報告を受けた直後から私がずっと付き添っております」

「ああ、それでいい」

ディランは至極当然に満足そうだが、エイヴリルにとっては窮屈なことこの上ない午後になってしまった。

悪女っぽく振る舞うのは一日に数分、もしくは週に一回ディランとお出かけするときだけにしてほしい。グレイスにキツく当たるのもクリスに自分でもできる用事を言い付けるのも勘弁してもらいたい。

しかも、二人ともいじめられているにしては積極的かつ好意的で笑顔がすぎるのだ。これでは身が持たない。

一日の苦労を振り返っていると、ディランが聞いてくる。

「エイヴリル。今日の訪問者に心当たりは」

「……王都ではまだお呼びしたことがないですわ。そのうちに呼ぼうと思っていたのですが」

「男娼、を？」

「はい。退屈ですもの。い、一緒に本でも読もうかと」

「……ぷっ」

「…………」

クリスは吹き出し、ディランは固まってしまった。

確かに、アリンガム伯爵家でのコリンナは、家に呼んだ美青年にしなだれかかっていた。

それを目にしたエイヴリルは、あまりにも未知の雰囲気に恐れをなしてお茶を出すとすぐにその場を離れた思い出がある。

しかし、これ以上のことはエイヴリルにもわからない。追及されたら終わりなのでそっとしておいてほしい。

ぎこちなく動き出したディランは「随分上品な遊びだな」と複雑そうな顔で呟いて続ける。

「エイヴリル。この機会に離れから母屋に移らないか。警備は強化するが、それでも目の届かないところに君がいると思うと心配だ」

（私が目の届かないところにいると心配、って……）

エイヴリルはぽかんと口を開けてディランを見つめる。自分は手を繋《つな》いでいないとどこかへ行ってしまう幼児だったのか。いや違う。悪女である。

はっと意識を取り戻して、恐る恐る告げた。

「ディラン様。ご心配いただけることはとてもありがたいのですが、私は大丈夫ですわ」

「もちろん、エイヴリルが〝宮殿〟をとてもよく気に入ってくれていることは知っている。だが、君の身の安全のためだ」

真剣な瞳をして食い下がるディランに、エイヴリルは首を傾げる。

（ディラン様はとてもお優しい方。こんなふうに私を心配してくださるのはわかるわ。契約結婚ですし、ここは大人しく従った方が良さそうですね……）

エイヴリルの役目は、ランチェスター公爵夫人としてふさわしい振る舞いをしつつ、周囲には型通りの悪女と思われてここを追い出されないようにすることである。
宮殿を出てもすることに変わりはない。

「承知いたしました。では、明日から母屋で生活することにいたします。これから支度を」

「いや明日からではダメだ。今すぐ、今夜からこちらへ」

「こ、今夜から……？」

（それはあまりにも急すぎませんか……！）

エイヴリルが目を瞬いていると、ディランは側近を呼びつける。

「クリス。エイヴリルの引っ越しは明日だが、今夜は客間に案内しろ。南側の、一番日当たりが良くて広い部屋を」

「その条件でしたら、ディラン様のお部屋の隣が空いていますね。すぐに案内しましょう」

「……ゴホゴホッ」

ディランは何も答えずに咳き込んでいる。大丈夫だろうか。

「だ、大丈夫ですか、ディラン様」

「気にするな。エイヴリルが心配することではない」

エイヴリルの方をちらりとも見ず、ディランはクリスを睨みつけた。

「……クリスは、私の隣の部屋ではないところにエイヴリル用の客間を準備するように伝えろ。これは当主命令だ」

「随分と重々しいご命令で」

「いいから早く行け」

ディランとクリスの会話はまるで友人同士の気やすさである。

さすが側近にも使用人にも愛されて尊敬を集めるディラン様、と感心しているうちに、書斎にはエイヴリルとディランの二人きりになってしまった。

時計に目をやると、いつもならもうベッドに入る時間になっていた。

（どうりで眠いわけですね……）

睡魔が下りてきて、エイヴリルは口元を両手で隠しつつあくびをした。

すると、ディランと視線がぶつかる。

オレンジ色の明かりが灯された夜の書斎。シャツの首周りを少し緩め、日中よりも着崩した格好のディランは本当に絵になる。

（ディラン様は、いつもこうして遅くまでお仕事を……）

ふと、アリンガム伯爵家で父親の手伝いをしていたことが思い出される。

今は何不自由ない暮らしをさせてもらっているけれど、こうして書斎の紙とインクの匂いに囲まれていると、懐かしくなってしまった。

眠気と闘いながら思い出に浸るエイヴリルに、ディランは申し訳なさそうな顔をする。

「……こんな時間まで付き合わせて悪かった。支度が整うまで、もう少し待っていてくれるか」

「夜遊びには慣れていますので問題ありませんわ」

「お腹は空いていないか？　夜食でも運ばせようか？」

悪女のはずなのに、すっかり幼児扱いである。

「いえ、もうあとは眠るだけですし、お夕食はたくさんいただきましたわ」

「……それはよかった」

エイヴリルが「今日もおいしかったです」と伝えると、どことなく強張っていたディランの表情が幾分やわらいだ気がした。

「ディラン様は、いつもこんなに遅くまでお仕事をなさっているのですか？」

「ああ。大体はそうだな」

「でしたら、今度は私がお夜食をお作りしますね。こう見えて、料理の腕には自信が」

「……エイヴリルが？　本当に？」

目を見開いて心底驚いた表情をするディランに、エイヴリルはあることを思い出す。

（そういえば……ディラン様は私の朝食のメニューをご覧になってびっくりされていたような……！）

もしかして、あれを見たせいで料理の腕前を信頼できないのかもしれない。いや間違いなくそうだろう。エイヴリルは慌てて弁解する。

「あの！　さすがに、固くなったパンや冷えてドロドロになったスープは出しませんわ。きちんと好みを把握したうえでお作りしますから、安心して召し上がってください」

「そんなことは心配していない。……きっと、君にできないことなんてないんだろうな」

いえまさかそんなことは、と否定しようとしたけれど、ディランの手が自分の頬に伸びていることに気がついた。

その指はエイヴリルの頬に落ちたピンクブロンドの髪を掬《すく》い、耳にかけてくれる。

（ディラン様……？）

ここにはエイヴリルとディランの二人だけだ。お茶会やサロンコンサートに出かけたときのように、仲睦《なかむつ》まじい婚約者を演じる必要はない。

まるで本当の夫婦——恋人同士、のような距離感にエイヴリルが小首を傾げたとき。

ガチャリと書斎の扉が開いて、メイドが現れた。

「エイヴリル様用のお部屋の支度が整いました」

「……ああ」

ディランは軽く返答してから、エイヴリルに向き直る。

距離は一秒前に比べて一歩分離れていた。

「今のは……済まなかった。部屋の用意ができたらしい。ゆっくり休んでくれ」

「？　はい、ありがとうございます」

（私たちが契約結婚だということは使用人の皆様はご存じないですものね。母屋で過ごすのだから、それっぽく振る舞おう、ということなのでしょうか……。ええきっとそうに違いないですね！）

何となく自分で納得すると、エイヴリルはメイドの案内で書斎を出る。

——エイヴリルは、とにかくどこまでも鈍かった。

第八章◆有能ではないはずです！

翌日の朝。

「床……めちゃくちゃ綺麗じゃね？」

「ああ。離れで働く同僚には聞いていたが……。あの人、何者だ？」

ランチェスター公爵家の母屋、エントランス前は明らかにざわついていた。

使用人たちが束になって柱の陰からこそこそと眺めているのは、この家の女主人と侍女だった。

ちなみに、この二人が並んでいるところを見た者はここまでの数ヶ月間でほとんどいない。ほぼ初めての組み合わせである。

「エイヴリル様。そのモップ、返してください。いい加減にしてくれないと怒りますよ」

呆れたようなキャロルの声に、エイヴリルは眉間に皺を寄せる。

「だめですわ。ほら、端！　端に汚れが残っています！　こんな磨き残しをするなんて！」

「よく見てください。ぴかぴかですよ」

「……ほ、本当ですねごめんなさい」

「こうしている間に、エイヴリル様が磨いてしまったのだからぴかぴかで当然に決まっているじゃないですか。それよりもそろそろ飽きてきたでしょうから、いい加減にモップを返してください」

「嫌です」

「…………」

今朝、エイヴリルが泊まった客間に起こしに来てくれたのは、グレイスではなくキャロルだった。

明らかに嫌々来たことを匂わせているキャロルに聞くと、あなたの主人なのだから自分で起こしに行けと言われてしまったと教えてくれた。

そこでエイヴリルは自分とキャロルの関係を思い出した。

――エイヴリルはキャロルを嫌い、遠ざけている設定だったのだ、と。

(アリンガム伯爵家では、私と仲良しのメイドのキーラが床を磨いていると、必ずコリンナがやってきて邪魔をしたのよね。何がしたいのかいまいちわからなかったけれど……。とりあえず真似をしておくのが良さそうだわ)

安易な結論に辿り着いたエイヴリルは、キャロルを連れてエントランスにやってきた。そして今に至る。

「だって、キャロル。私は悪女なのです。あなたをいじめて遠ざけていると思われているのですから相応の振る舞いをさせてほしいわ」

「相応の振る舞いって何ですか。大体、なんでそんなに悪女のふりを頑張っているんですか。本当に無能なんですか」

「私にも大人の事情というものがあるのです」

「残念ですが、ちっとも悪女には見えませんよ。努力はちっとも実っていません」

「いいえ。ディラン様も『君は悪女だ』とはっきり仰っていました。その中で、キャロルをいじめていることも褒められたのです」

「…………」

キャロルは『何を言っているんだ』という顔をしてため息をつき、エイヴリルからモップを奪い取った。

「……ランチェスター公爵閣下は本当に優しすぎますね。あなたは本当にいいお家に嫁いだんじゃないですか」

「ええ、私もそう思います」

「……いつまでもこんな毎日が続くとは思わない方がいいですよ」

「……？」

刺々しい言葉を投げかけつつ、キャロルはどこか沈んだ表情だった。その様子がエイヴリルにはどうしても気になる。

（キャロルは元気がないですね……。やはり、アリンガム伯爵領で暮らすご家族のことが心配なのかもしれないわ）

「キャロル。最近、アリンガム伯爵家からのお手紙はないですか」

「昨日もそれを聞いてきましたね。なんでも覚えられるくせに忘れるのがちょっと早すぎるんじゃないですか」

「ふふふ。きちんと昨日のことも覚えていますわ」

「……だったらいい加減に」

キャロルが声を荒らげかけたところで、クリスが声をかけてきた。

「エイヴリル様。何をしておいでですか」

「クリスさん。ご覧の通り、エントランスのお掃除をやり直させていましたの。私の侍女はできが悪いですので」

「随分とスケールが小さく品行方正な悪女で」

「え？」

「いえ、なんでもありません」

こほん、と咳払いをしてからクリスは告げる。

「私についてきていただけますか。ディラン様がお呼びです」

「……はい？」


エイヴリルが連れてこられたのは、空っぽの本棚で囲まれた書斎のような部屋だった。

「ディラン様、これは何でしょうか？」

「ここをエイヴリル用のライブラリーにしようと思っている」

「!?」

（な……何でしょうかそれは!?）

エイヴリルは驚きのあまり固まって口をぱくぱくとさせたが、ディランは気に留める様子もない。

「しばらくは外出を許可してやれない。昨夜のうちに至急この部屋に書架を運ばせた。まもなく商人が来るから、好きなだけ本を取り寄せるといい」

「あの、それはとてもありがたいことではありますが」

この場合、費用はどこから出るのだろうか。契約満了後に慰謝料が減らされることはないのか。今、エイヴリルはそれだけが気になっている。

「昨夜、書斎で目を輝かせていただろう」

「それは……匂いが好きだったといいますか、あのでもこれはさすがに分不相応ですわ」

昨日、書斎の空気を堪能していたところをしっかり見られていたようである。慌てて辞退しようとしたものの、ディランはエイヴリルの言葉尻を捉える。

「匂いが好きなのか？」

「ええと、紙とインクの匂いが」

「それなら、ここを本で埋め尽くせばしっかり暇つぶしになるな」

（そ……それはそうなのですが慰謝料が……！）

ディランが自分を楽しませようとしてくれているのはありがたいが、エイヴリルは契約に基づいてここにいるのだ。この家を出ていくときに慰謝料を減らされてしまっては困る。

そうしてもう一つ不安なことがある。アリンガム伯爵家では、家族に虐げられる一方で使用人に優しくしてもらってきた。だからエイヴリルは人の優しさは知っている。けれど、自分にここまでお金をかけようとするディランの真意が読めないのだ。

エイヴリルの心の内を知らないディランは拗《す》ねたような表情を見せる。

「君はドレスや宝石を贈ってもそれほど喜ばないだろう。むしろ義務のような顔をして受け取る」

「……」

しっかりバレていた。

（ですが……）

安全上の理由でしばらく外出ができないのは仕方がないことだ。けれど、そのためにエイヴリルが過ごすためのライブラリーを作るというのはどうなのか。お城に住み、宮殿を離れに持つ公爵家はさすがすぎる。

そんなことを考えながらエイヴリルが困り果てていると、会話を見守っていたクリスがため息をついた。

「お二人ともその辺でよろしいのではないでしょうか」

「クリスは黙っていてくれ」

「いいえ。エイヴリル様の意思はしっかりわかりました。ここには私が適当に本を入れるとして、――紙とインクの匂いがするお部屋なら、この屋敷にはほかにもあるはずです。どうでしょう、そこでエイヴリル様に少しお手伝いをしていただくのは」

「！」

（お手伝い……それなら、慰謝料の減額はないのではないでしょうか！）

クリスの言葉にエイヴリルが反応したことに、ディランも気づいた様子である。

「……それも悪くないな」

ということで、お手伝いと称してエイヴリルが連れてこられたのはディランの書斎だった。

ここはアリンガム伯爵家の父親が使っていた書斎の数倍以上の広さがある。

ディランの執務机のほか、クリスやほかの側近たちのものと想像できる机に、重厚な応接セット。

調度品も落ち着いたデザインのもので揃えられており、大理石の内装が煌びやかな白亜の城の中で少し違う空気が漂っている。

（この書斎、私はとても好きです……！）

昨夜に引き続き、エイヴリルは目を輝かせ、紙とインクの匂いを胸いっぱいに吸い込んで深呼吸をしてみる。落ち着く感じかして、とても幸せだった。

するとディランが満足そうな微笑みを向けてくる。

「ここは気に入ったか」

「はい、とても」

「ではそこに座って好きに過ごすといい。部屋は出入り自由だが、私室に戻るときや屋敷内を移動するときはクリスに伝えるように」

（そこ、って……）

指されたのは、座り心地のよさそうなふかふかソファの応接セットだった。すっかり手伝いをする気だったエイヴリルは首を傾げる。

（これでは……お手伝いにはなりませんね……）

「ただいまお茶をお持ちいたしますね」

「えっ……あの」

エイヴリルが止めるのも聞かずメイドがにっこりと笑って出ていく。ちなみに、エイヴリルがこの屋敷に来た初日に冷めたお茶を注いでいたメイドだった。

どういうこと、と首を捻る。そうして応接セットのテーブルに視線をやると、そこには貴族女性に人気の物語や詩集が並んでいた。

（ここはお仕事のお部屋のはずですが……。私に手伝いを命じないのであれば、どうしてここに）

あまりの状況にますます意味がわからないでいると、近くで様子を見守っていたらしいクリスが小声で教えてくれる。

「エイヴリル様がいらっしゃるとディラン様のお仕事が捗《はかど》るからでしょうね。確かにわかる気はします」

「!?　まさか、そんなはずがありませんわ」

こそこそと否定してみるものの、クリスは相変わらずの笑みを浮かべていた。これ以上やり合っても、結論は変わらなそうである。

そして、エイヴリルがどんなに遠慮したところでディランはさっきの『エイヴリル専用ライブラリー』に本をたくさん詰め込むつもりらしい。

その証拠に、さっきクリスは恐ろしい数の本を発注していた。

エイヴリルは止めに入ったが、『あなたがここに来たばかりのときにお買い上げになったジュエリーに比べたら些細なお買い物ですよ』と言われて足が竦《すく》んでしまった。

やはりどう考えても慰謝料の減額が心配すぎる。

ぼうっとしていたエイヴリルが意識を取り戻すと、数枚の書類がひらりと飛んできた。

「！」

「エイヴリル、済まない。それは私のだ」

「いえ、問題ありませんわ」

窓が開いていたために風で飛ばされてしまったらしい。

ディランが立ち上がって取りに来る前に、エイヴリルはさっと書類を拾い上げる。そして、執務机のところまで歩きながら順番を整え未決裁の箱に戻した。

エイヴリルにとっては自然な動作だったのだが、注意深く見守っていたらしいディランは急に真剣な表情をする。

「……やはり、こういった書類の扱いに随分慣れているようだな」

「そんなはずは。私は悪女ですので」

アリンガム伯爵家ではいつも通りの動きだったので、エイヴリルにはディランの意図が摑めない。

目を瞬いているとディランはエイヴリルの『悪女だ』という主張を無視して聞いてくる。

「エイヴリルがここで手伝いをするなら、どんなことができる？」

「そうですね……。雑用、でしょうか。お任せいただけるのであれば今すぐに」

慰謝料の減額は勘弁してもらいたい。とにかく何か手伝いを。

ニッコリ笑って両手を差し出すと、ディランはその手にエイヴリルがたった今箱に返却したばかりの書類をのせてきた。

「なるほど。秘書のような働きをしてくれるということか」

「!? ええと……少しは得意なこともあるのですが、ここでの私にはその権限がありませんから。……それで、私はこの書類に何をしたら良いのでしょうか？」

明らかに雑用とは毛色の違う書類を渡されてしまった。

一体どういうことなのか。

(さっきちらりと見えたのだけれど……これは嘆願書だわ。しかも、普通なら受け入れることが難しい類の)

エイヴリルはランチェスター公爵家とは契約上の関係だ。だから、こういった書類を詳しく見てはいけないと思っている。

『一度見たら大体覚えてしまうし忘れない』は便利そうに思えてそうでないことも多い。だからこそ、アリンガム伯爵家では忌み嫌われたのだろう。

そのことを思い出してなるべく書類を見ないようにするエイヴリルに、ディランはふっと笑った。

「その書類に目を通してほしい。この件に関しては何とかしてやりたいところなのだが、策がなくてな」

その笑顔は、エイヴリルが知る父親の『領主』の表情とはあまりにも違っていた。そう思ったら、つい数秒前までの躊躇が消えていく。

（……わかりました。これは、〝お手伝い〟ですね……！）

「拝見してもよろしいでしょうか」

関わってはいけないとわかっているはずなのに、エイヴリルは頷いて書類に視線を落としていた。


書類に目を通し終えたエイヴリルは軽く頷く。

「これは、国に納める税に猶予を持たせてほしい、という嘆願書ですね」

「ああ。この国では国と領主、別々に税を納めるだろう？　昨年の不作が響いていて経済は回らず、領民は依然として厳しい状況だ。当然、うちに納める分は減額のうえ猶予したんだが。問題は国相手の方だ」

「なかなかバッサリとお断りをされるのですよね、役人の皆様は」

エイヴリルはさっきディランが言っていた〝この件に関しては何とかしてやりたいのに策がない〟の意味を察した。

（いくらランチェスター公爵家といえど国の決まりごとの範囲内で動くように、と言われてしまったら手助けに限度はありますものね）

「困ったものだ。一時的にうちから資金を貸すプランもあったのだが、様々なしがらみがあって難しくてな」

「この嘆願書の家名は覚えていますわ。数年前に優れた商品を開発して大きな利益を挙げた新興の

商家ですわね。確かに、肩入れしすぎては公爵家への信頼にも関わります」

公平って難しいですね、とエイヴリルが肩を落とすと、目を丸くしたディランとクリスがこちらを凝視していることに気がつく。

（ええと……私は何かおかしなことを言ったでしょうか……）

「……エイヴリルは本当に詳しいのだな」

「嗜みの範囲です、悪女ですので」

「さすがだ」

ディランは感心したように告げてくるが、エイヴリルはどこ吹く風である。

ここはランチェスター公爵家内だ。しかも書斎には、エイヴリルを悪女として認めているディラン、エイヴリルを悪女として認めているか定かではないが面倒見のいいお守り役のクリス、しかいない。

無理に悪女として問題を起こす必要はないし、今は悪女としての振る舞いよりも派手なライブラリーの設置に伴い慰謝料を減額されないことの方が重要である。

（そういえば最近改訂された法律書では、国に納める税に関して例外を認める一文が突然追加されたのですよね。問い合わせを入れようとしたら、アリンガム伯爵……お父様、に面倒はやめてくれと突っぱねられてしまったのだけれど。そのことがここで使えないかしら）

エイヴリルの脳裏には、アリンガム伯爵家で父親の手伝いをしていた頃のことが思い浮かんでいた。エイヴリルに認められるのは、情報を覚えて優先順位をつけることとルーティンをこなすこと。

そこにエイヴリルの意思はない。どうしても、というときは意見を添えることもあったが、聞き入れられた例はほとんどなかった。

けれど、ディランはあまりにも自然に意見を求めてくる。

「君はどう思う。この嘆願書は近いうちに送り返すほかないと思っていた。……残念だが」

「ディラン様。この件は、既にランチェスター公爵家内の税や資産の管理を担当されている方には相談されているのですよね」

「ああ、その通りだ」

「でしたら、最終手段としてローレンス殿下などから手を回してもらってもいいのかもしれません」

「……ローレンスに？　しかし、さっきも言ったが権力に頼った方法はとれなくてな」

エイヴリルはため息をつくディランから端の書架へと視線を移す。そこには税に関する最新の法律書があり、迷わず手に取った。

「ここを。きちんと例外に関する一文が追加されていますので、贔屓《ひいき》にはなりませんわ。何の知らせもなく追加されたことを知っていて、かつこれを活用しようとする特別な人間にしか認められない例外でしょう」

「……随分と小さく書いてあるな。……確認しろ、クリス」

クリスがはい、と答えてエイヴリルの手から法律書を受け取り部屋を出ていく。書斎にはエイヴリルとディランだけが残る。

「特定の人間を助けたい、ほかの人間にはなるべく使ってほしくない抜け道だからこのような書き方になったのでしょうね。逆に、ランチェスター公爵家がこの例外を使おうとすれば受け入れざるを得ないかと。一度突っぱねられていても、正式な手続きをもって申請すれば何とかなる気がいたします」

「こんなふうにひっそりと追加されたものをよく知っていたな。一般的には知られていない例外中の例外だ」

ディランの言葉に、エイヴリルはにっこりと微笑んだ。

「ふふふ。私は、大体のことは覚えてしまう質でして」

「……サロンコンサートのときにも思ったが、ただ物覚えがいいだけで片付けられる話ではないと思うんだが。覚えていたとしても、ほかのことに気がつけなくては活用できない。そうやって卑下してきたから君は自分のことに疎いのか」

「じ、自分のことに疎い？」

果たしてそうだったのか。

目を瞬くエイヴリルに、ディランは申し訳なさそうな顔をする。

「済まない。そういう意味ではないんだ。……ただ、エイヴリルは有能な悪女だということが言いたかった」

「有能な、悪女……」

ディランからの言葉を、エイヴリルはじっくりと嚙み締める。

思ってもみない過剰な褒め言葉だ。

「あの、私。生きてきて初めて、こんなに褒めていただいた気がします……！」

「悪女、の方に重きを置いていたな、今の言い方だと」

「いえそれに関してはその程度では喜びません。ただの事実ですから」

エイヴリルが記憶の中のコリンナのように笑ってみせると、ディランは堪えきれないという様子で表情を崩す。

「……それはよかった」

その日、エイヴリルはディランの書斎で一日を過ごした。

しつこく『手伝いを』と申し出るエイヴリルをディランは邪険にすることはない。たまに、軽い事案を回してくれて意見を求めてくる。

あとはクリスがくすくす笑いながら適当な書類仕事を振ってくれた。

（こんなふうに過ごしたのは久しぶりだわ。誰かの役に立てるって幸せなことですね）

アリンガム伯爵家の書斎でも似たような仕事を任せられていたけれど、こんな満足感は得られなかったことを思い出す。

（ここには私を褒めてくださる人がたくさんいる。なんだか、不思議な気分です）

愛されることに慣れていないエイヴリルは、どことなくふわふわとしてむず痒《がゆ》い。けれど、確かに幸せな一日だった。

数日後。ディランは王城にやってきていた。

面会の相手は王太子・ローレンス。遠縁に当たる彼は、兄弟のいないディランにとって兄のような存在である。

用件は嘆願書に関わるものだった。

「……ということで、この特例を申請する。真正面から行っては通らない可能性があるから、事前に手を回しておきたい」

「それにしてもこんな文言、どこで見つけたのかな？」

楽しそうに笑うローレンスの問いに、ディランは平静を装う。

「婚約者が意見をくれた」

「というと、エイヴリル・アリンガム？」

「ああ。相談したら一発でこの案を出してきた」

「この一文は今年の改訂時に追加されたものだな。よく知っていたね。……別に、彼女がランチェスター公爵家にふさわしいか試したわけではないのだろう？」

「もちろん。本当に困っていて、相談した」

「へーえ」

ローレンスは「確かにこの例外を認める一文があれば堂々と手が回せるな」と納得した様子だった。意味深な視線に表情を歪めているディランのことは気にも留めない様子である。そうして、感心したように続けた。

「すごいね。彼女は」

「ああ。アリンガム伯爵家で無能扱いだったことが信じられない。実家でも彼女を手放したことを後悔しているのか、先日はうちに不審な訪問があった。調べさせたらアリンガム伯爵家が関わっていそうだった。エイヴリルを連れ戻そうとしているのかもしれない」

「いや、彼女がすごいというのはそれだけの意味ではない。ここまでディランの心を開いたことの方だ。お前が誰かに心配事を相談するなんてあり得ないだろう」

「それは……」

なるべく感情を表に出さないようにしていたディランだったが、図星を突かれて言葉に詰まった。

ディランはあまり人を信用することがない。

側近のクリスや屋敷の使用人のことはもちろん信頼しているが、それでもあまり深入りはしないように気をつけている。

幼い頃から兄のような存在だったローレンスは、その原因がディランの生まれ育った境遇にあると知っていた。

だからこそ、こうしてエイヴリルとの関係に興味を持って聞いてくるのだと思えた。

「ディラン。お前は、家の体裁を保つために結婚を決めたものとばかり思っていた。しかし、実際に会ってみると相当に絆《ほだ》されているな。いや、絆されるというよりは……。いやいい、とにかくいい縁だったんじゃないか」

くつくつと笑うローレンスに、ディランは気まずさを隠せない。

「……ローレンスも数日、いや一日一緒にいてみればわかる。彼女はとんでもなく不思議でかわいすぎ……いや、魅力的だ。決して恵まれた育ち方をしていなかったにもかかわらず、どうしてあんなに擦れていないのか」

「ああ。それなら私は数時間でわかったな。チェスでは完全に上の空の顔をしながらこてんぱんにされた。あんなにかわいらしいお嬢さんには滅多にお目にかかれない。私も好きなタイプだ。アレクサンドラが許せば側に置いてもいい」

「……は？」

「いや冗談だ。済まない。そんなに怒るとはな」

揶揄われたようである。大人になっても子ども扱いが抜けない兄貴分にディランは剣呑な視線を向けた。

「とにかく、今回の件は私の、エイヴリルのお手柄だ」

「エイヴリル嬢はいろいろな意味でランチェスター公爵家にふさわしい存在のようだな。……本人はなぜか〝悪女〟になりたいようだが。面白いのでもう少し見守りたいから深くは聞かなかったが、一体どうしてあんなことになっているのかな？」

「……それは」

ディランは返答に困った。ディランとエイヴリルの関係が契約結婚にすぎないことはローレンスにすら伝えていない。

　いつか話そうとは思っていたのだが、その前にエイヴリルがランチェスター公爵家になくてはならない存在になってしまったのだ。

　もはやエイヴリルには悪女として振る舞う必要はないし、今日今すぐに契約結婚をやめてもいい。

　しかしどうも本人にはその気がなさそうに思えるのが悩ましいうえに、いざ悪女ではないとわかっていると告げようとしたら、とんでもなく悲しそうな顔をした。

　おかげで、ディランはエイヴリルを悪女らしいと褒めちぎる毎日である。

　クリスが陰でお腹を抱えて笑っていることは知っているが、ディランもエイヴリルの喜ぶ顔が見たくてやめられない。何とも幸せな泥沼である。

　どう答えたものか迷っていると、ローレンスが徐《おもむろ》に告げてくる。

「そういえば、この前彼女とチェスをしたとき、私はとても大切なものを彼女と賭けたんだ。あっさり負けて渡すことになったのだが……それは何だと思う？」

「わからないな」

「印章だよ。ランチェスター公爵夫人が持つはずの、封蠟印」

「……いつの間に。エイヴリルからは聞いていないな」

「だろうね。かわいい悪女はああ見えて賢い子のようだから。複雑な事情があることを察して、ディランが話してくれるのを待っているのだろうね」

ではなぜ自分の気持ちには気がつかないのか、という不憫《ふびん》な疑問は置いておいて、ディランは息を吐いた。

「先日の突然の訪問の理由がやっとわかった。そういうことか」

「お前からずっと預かってきた大切な印章だ。あっさり渡すことになるとは思わなかったけどな」

「今度……エイヴリルに話をしてみる。印章のことではなく、私のことを」

ローレンスは「それでいい」と目を細めて続ける。

「社交界では、ディランが悪女好きだと噂が広まっているぞ。この前、アレクサンドラが出席した茶会では、露出多めのドレスと濃い化粧が人気だったらしい」

「……そんなのどうでもいい。エイヴリルさえいてくれれば」

「ははっ。だろうね」

うれしそうに笑い声をあげるローレンスに、ディランは居心地の悪さを苦笑いでごまかすしかなかった。

第九章◆箱入りの妹と崩壊の足音

警備上の問題で離れから母屋に移ってからというもの、エイヴリルの生活は大きく変わった。

その一つが食事の時間である。

母屋の広いダイニングでディランの向かいの席に座り、豪華な食事を前にしたエイヴリルはおずおずと聞く。

「あの、ディラン様。私もここで食事をしていいのでしょうか……？」

「当然だろう。何の問題が？」

「いいえ。でしたら結構ですわ」

エイヴリルの方にも別に問題はないので、頭をぶんぶんと振っておく。

二人の関係が契約結婚だということをほとんどの人間は知らない。

皆にとってみれば、政略結婚のために連れてきた妻を冷遇していたところを、内側に引き入れた程度のものなのだろう。

普通に納得したエイヴリルは周囲をぐるりと見回した。

（ディラン様のメインダイニングでの食事には、いつもこんなにたくさんの皆様がいらっしゃるのですね……）

ここには給仕係のメイドが八人。食事中の人間の数の四倍である。

どう考えても不自然だし落ち着かない気もするが、これが公爵家の普通なのだと言われてしまえば納得するしかない。

となれば、同席する使用人たちにエイヴリルが悪女なのだとわかってもらわなくてはいけなかった。何といっても自分は二年と少し後にこの家を円満に出ていく契約上の妻なのだ。

（悪女はお行儀よく食事をするけれど、給仕やお料理についてわがままで意地悪なことを言わないといけないのですよね……）

すべてコリンナがお手本である。……となると。

「ねえ」

「はい、エイヴリル様」

覚悟を決めたエイヴリルがナイフとフォークを置くと、慣れた様子でグレイスが近寄ってくる。

ちなみにキャロルはいない。

「このお肉、焼き直してくださる？　私は焼きすぎた固いお肉しか食べないと決めているの」

「承知いたしました。新しいものを用意しますので、このお肉は捨てるしかなくなりますがよろしいですね」

「!?」

聞いていない。エイヴリルはグレイスとお皿にのったお肉を交互に見比べて目を白黒させる。

「そんな……あの、このお肉をちょっと焼き直していただくだけで私は、」

「そのようなことをできるはずがありませんわ。ここでの食事はすべてエイヴリル様だけのために作られるものです。たとえ手をつけていなくても作り直しになりますし、残りを誰かが食べることも許されませんわ」

「!?!?　どうしてそんなにもったいないことを!?」

「もったいない？」

悪女らしからぬ言動とはわかっていたが、食事を捨てるなんて使用人育ちのエイヴリルには許せなかった。

（どうやら、失敗したみたいです……！）

背中を冷や汗がダラダラと流れていく。

不自然に口角が上がったグレイスに向かって「本当はお肉はどんな焼き方でも好きですごめんなさい」と謝罪しようとしたところで、様子を見ていたディランが笑う。

「それなら私のものと交換すればいい。まだ手をつけていないし今日は少ししっかりめに焼いてもらった。きっと、エイヴリルの好みに合うだろう」

「!?!?　ディラン様のお料理を!?」

冗談ではない。エイヴリルが悲鳴をあげただけではなく、給仕のために見守っていたメイドたち全員がざわついた。

この国では個々にサーブされたお皿を取り替えることは家族間であってもマナー違反。夫婦のような特に親しい間柄でのみ許されるのだ。

真っ赤になって口をぽかんと開けてしまったエイヴリルに、ディランは追い打ちをかけてくる。

「ああ。何か問題でも？」

「問題しかございませんわ……！　大丈夫です。私はこのお肉をいただきます！」

「……本当にいいのか」

「ええ、ほら。とてもおいしいですわ！」

エイヴリルは慌てて肉をナイフで切り分け口に放り込む。こうしてしまえばディランは交換するなどと言わないだろう。

高級なお肉のはずなのに味がしない。そして、正面でディランが空色の目を伏せ笑いを堪えているように見えるのは気のせいだと思いたい。

（こんなはずでは……今後、食事の時間に悪女っぽい振る舞いをするのはやめましょう……）

お行儀が悪すぎた自分を深く反省して食事を終えたところで、たくさんのスイーツがのったカートがダイニングに運び込まれてきた。

ベリーをふんだんにあしらったクリームたっぷりのケーキから、鮮やかな卵色のカスタードプディング、みっちりとしたガトーショコラ、色とりどりのフルーツ。マカロンにクッキーにゼリー。

「これは……？」

「一緒にデザートを、と思って運ばせた。甘いものは嫌いではないだろう」

「とても好きです、悪女ですから」

コリンナもデザートは好きだった。浮かれても大丈夫、今度こそ問題はないだろう。

（すごいわ！　一人での食事のときもデザートは準備してくれていたけれど、こんなに豪華なものを……！）

目を輝かせてカートをまじまじと見つめていると、目の前にフォークが現れた。驚いてフォークの持ち主に視線を移す。

まさかと思ったがディランだった。さっきまで大きなテーブルを挟んで向かい合っていたのに、いつの間にかエイヴリルの隣に座っている。

「……!?」

一体これは何なのか、と固まっているとディランは楽しそうに笑う。

「悪女なら、これぐらいは慣れているだろう？」

「!?!?」

（そ……そういうものなのでしょうか!?）

今日の食事は訳がわからないことが多すぎる。とにかく、エイヴリルにはレベルが高すぎるので勘弁してほしかった。

けれど、これが悪女らしい振る舞いだというのなら仕方がない。受けて立つしかないだろう。

（少しはしたない気がするけれど……）

頭の片隅に、〝男娼〟を呼んでいたコリンナの姿が思い浮かぶ。

コリンナなら、殿方の膝の上でケーキを食べることなどたやすいだろう。

しかも、今ここはディランの隣であって膝の上ではない。いける気がした。

エイヴリルは差し出されたフォークを口に入れる。何となくフォークに手を添えると、ディランの手が少しだけ揺れた気がした。

「……おいしいですわ」

ケーキを飲み込んで微笑むと、なぜかディランは頭を抱えている。ちなみに、このダイニングにいた八人のメイドたちは一人残らず姿を消していた。

「……悪い。少しふざけすぎた。今、ものすごく罪悪感に苛《さいな》まれている」

「どうしてでしょう。普通のことですわ、普通の」

「ああ。自分で仕掛けておいて申し訳ないが、君は本当に悪女かもしれないな」

「ええ、もちろんですわ」

今日も満足だった。

幸せで満ち足りた暮らし。エイヴリルがランチェスター公爵家での毎日を表すならその言葉がぴったりなのだけれど、それだけでは足りない気がする。

（良くしていただいて幸せ、というよりは……。ここにいると何だか、私という人間を認めてもらえているみたいだわ）

並んでデザートを食べながら幸せを噛み締めていると、ディランが告げてくる。

「エイヴリル。今度、話があるんだが聞いてもらえるか？」

「はい、もちろん。どんなことでもお伺いしますわ」

ディランの穏やかな表情の中に潜んだ少しの緊張感を嗅ぎ取って、エイヴリルは姿勢を正す。

（私も……こんなふうに認めてくださるディラン様の力になれたらいいのに）


その少し前のアリンガム伯爵家。

ランチェスター公爵家へ侵入してエイヴリルと入れ替わることに失敗したコリンナは、自宅へと戻っていた。

「お母様、お父様！　戻ったわ！」

「コリンナ！　あなた、どこへ行っていたの!?　リンドバーグ伯爵家……アレクサンドラ・リンドバーグ様からお手紙があって心配していたのよ！　約束の日になってもあなたが王都に現れない、って！」

屋敷のエントランス前、血相を変えて出迎えた母親にコリンナは肩を竦める。

「あら、そのこと？　少し予定が狂ってしまったのですわ。ですから、私はリンドバーグ伯爵家へはまいりません」

「コリンナ、何てことを……！　エ、エイヴリルと入れ替わる件はどうしたのよ。もしあなたが行かなくてもあの子を行かせるんじゃなかったの!?」

「思った通りにならなかったの。でも大丈夫ですわ。また策を練りますから」

「策って……それじゃあこの家は」

言葉が続かずに固まってしまった母親を遮って、コリンナは妖艶に微笑む。

「それよりも、ランチェスター公爵家の王都にあるタウンハウスは本当にすごかったわ。お城よお城！　エイヴリルにはもったいない家だったわ。キャロルが来なかったせいで作戦は失敗しちゃったけど……私、絶対に入れ替わってやるんだから」

母親は蒼くなって呆然としたままだ。コリンナがアレクサンドラの侍女として仕えることを条件に、アリンガム伯爵家は借金をすぐに返さなくて良くなったのだから当然である。

けれど、コリンナはそんなことは気にしない。外出用の帽子を脱いでピンクブロンドの髪を揺らすとわがままに言い放つ。

「それに、借金が返せなかったからといって何なのよ？　近々受け取れる支度金でなんとかなる程度のものでしょう？」

そこへ、騒ぎを聞きつけた父親が小走りで現れた。

「コリンナ！」

「お父様。ただ今王都より戻りましてよ」

「どうしてここにいるんだ」

「嫌だわ、お母様と同じことを言うのね。私はアレクサンドラとかいう堅物に仕えるのはやっぱり嫌なの！　もっと華やかなところへ行きたいわ。そう、ランチェスター公爵家のように……！」

「……」

目を輝かせているコリンナを、父親は苦々しさ全開の表情で見つめている。

そこへ来客を知らせる鐘が鳴り、アリンガム伯爵家の庭には一台の馬車が現れた。

「こちらはアリンガム伯爵家ですね。私はシリル・ブランドナーと言います」

馬車から降りてきたのは、エイヴリルやコリンナとほとんど年齢が変わらない青年だった。

レンガ色を帯びたブロンドの髪を後ろで束ね、眼鏡の向こうにはアメジストの瞳が覗いている。

来客の手前、父親は平静を保って問い返す。

「シリル・ブランドナー……？」

「はい。アカデミー経由でこちらでの補佐を依頼されまして」

「！　ああ！　やっと来たのかね。待っていたよ」

エイヴリルが去った後、アリンガム伯爵は娘が消えた穴を埋めるためにアカデミー経由で求人を出した。

しかし、提示した給金が並外れて安すぎたために期待したような優秀な人材が派遣されてくることはなく。

それが今になってやっと手筈《てはず》が整ったのだろう。

そう思った父親は、王都から戻りたてで夢物語を喚き散らす娘を置いて、シリル・ブランドナーと名乗る男を書斎へと案内することにした。

「先ほどの方はお嬢様でしょうか」

「ああ、そうだ。事情があって働きに出す予定だったのだが……」

シリルの問いに、アリンガム伯爵は口の端を歪ませる。

（コリンナがアレクサンドラ嬢の侍女として赴かないとなると……面倒なことになった）

コリンナは自分には選択権があり自由に振る舞えることを当然だと思っているが、実際のアリンガム伯爵家は絶体絶命の大ピンチにほかならない。

リンドバーグ伯爵家の機嫌を損ねると、この領地の家も土地も皆取られてしまうのだ。

（アレクサンドラ嬢の提案を受け入れて、しばらくは安泰だと思っていたのだが……元はといえば、コリンナがアレクサンドラ嬢の婚約者に手を出さなければこんなことには）

深く後悔したところで後の祭りである。しかし、妻の尻に敷かれている彼は文句の一つさえ言い出せなかった。

外に愛人はいたが、アリンガム伯爵家の切迫したお財布事情が浮き彫りになってからは誰とも連絡がとれなくなった。だから今さら浮気のことを問い詰められても困る。一人で生きていくのは寂しい。

そんなことを考えていると、背後でドスンと重いものが机に置かれた音がする。

「……これが最近の帳簿ですね」

「君、勝手に何ということをするのだ！」

そこでは、さっきこの書斎に案内したばかりのシリル・ブランドナーが帳簿をめくっていた。エイヴリルがいなくなってから、この書斎は散らかり放題、乱雑になっている。

顔を真っ赤にして帳簿を取り返そうとすると、シリルは不快そうに片眉を上げた。

「ああ、お伝えしておりませんでしたが、私は別にあなたに雇われてここへ来ているわけではありません」

「何だと!?」

「雇い主はアカデミーで、給金もそちらからいただいております」

「そ、それはどういうことだ」

「あなたは私に一銭も支払うことなく雑用係を得たことになります。この家の状況からすると極めて幸運ですね」

シリルは神経質な笑みを浮かべると、帳簿に視線を落として続ける。

「……それにしてもひどいですね。半年前を境にめちゃくちゃになっている。当然、単に書き方の話ではない。中身もひどい」

「……！」

半年前とは、エイヴリルが出ていった辺りのことだった。

アリンガム伯爵が目を泳がせたところで、この家に残っている数少ないメイドの一人が書斎の入り口に現れた。

「……あの、お取り込み中、失礼いたします」

それは、エイヴリルの使用人仲間――キーラ、だった。

「シリル・ブランドナー様。お見せしたいものがございますので、違うお部屋にご案内してもよろしいでしょうか」

「私を違う部屋に？」

シリルはキーラに対して目を眇めた。

一方でアリンガム伯爵はキーラが自分の擁護に回ったものと勘違いしたらしい。ホッとしたように息を吐いてシリルから帳簿を取り返した。

「そうだ。シリル君にはしばらくこの屋敷で私の補佐をしてもらうんだ。屋敷の内部の案内が必要だろう。さぁ、行くがいい」

状況を完全に自分に都合よく誤解したアリンガム伯爵を置いて、キーラとシリルは書斎を出たのだった。


***

華やかな調度品の一つも見当たらない質素な廊下。キーラが目的の部屋へと案内していると、シリルは聞いてくる。

「あなたはアリンガム伯爵家に古くから仕える人間でしょうか」

「はい。曾祖父の代からこの家にお仕えしております」

「それは……今の状況はさぞ心苦しいことでしょう」

言葉選びとは裏腹に温度を感じさせないシリルの答えに、キーラは決心を固めた。

（この方は感情で動く方ではなさそうね。きっと、エイヴリル様が残していった書類のところにご

案内しても大丈夫）

「……失礼を承知で申し上げますが、シリル様はアリンガム伯爵家のことはどのくらいご存じでいらっしゃるのでしょうか」

「雇い主からはあまり思わしくない状況ということは聞いておりますが、これ以上はお答えしかねます」

「十分でしたわ。ご無礼をお許しください」

キーラは一礼すると辿り着いた部屋の扉に手をかけた。飾り気のない、木の扉。日の当たらないひんやりとした空気が漂う使用人用の部屋が並ぶ一角だった。

扉を開けた先には狭い個室がある。

質素な木の机と固そうなベッド、薄いカーテンがかかった小さな窓。キーラは迷わずに入り口に置かれたクローゼットを開ける。そこにはたくさんの木箱が積み重なっていた。

背後ではシリルが不思議そうな様子で周囲を見回している。

「ここは……？」

「私とエイヴリル・アリンガム様がお使いになっていたお部屋です」

「なるほど。彼女は今、王都で悪女だと評判ですね」

「……エイヴリル様はそのように呼ばれておいでなのですね」

「まぁ、そんなところです。しかし、彼女はこんなところで暮らしていたのですか。随分話と違うような」

（……）

何となく予想はついたものの、キーラは聞いてみる。

「王都でのエイヴリル様の評判はどのようなものなのでしょう」

「若きランチェスター公爵を骨抜きにする悪女、と。高価な服飾品を買わせ芸術を愉《たの》しみ贅の限りを尽くし、そしてなぜか社交界の重鎮から寵愛《ちょうあい》を受ける新しいタイプの悪女だと聞いています」

「……」

予想以上の答えが返ってきた。キーラは、引き締めていたはずの表情が緩んだことに気がついて唇を引き結び直す。

（エイヴリル様から定期的に届くお手紙にはそのようなことは書かれていなかったわね……）

エイヴリルは何も気がついていないのだから当然だった。

けれど、キーラとてエイヴリルとは長い付き合いである。

ランチェスター公爵家で何が起きているのかをうっすらと察して笑みがこぼれる。

「……お嬢様が新しい場所で楽しくお過ごしになっているようで、何よりです」

「悪女にもかかわらず実家への情も厚いようで。正直なところ意味がわからないと思ってまいりましたが、事情が違うようですね」

「その評判は、この家ではあまりお話しにならない方がよろしいかと存じます。この部屋を見てもわかる通り、エイヴリル様のためになりませんから」

「そのようだ。しかも話したところで信じてもらえるはずがないでしょう」

エイヴリルが暮らしていた質素すぎる部屋を見て、シリルは何が起きているのか――エイヴリルには事情があって悪女としてランチェスター公爵家に嫁がされたこと、を一瞬で察してくれたようだった。

（話が早い。アカデミーから来てくださったのがこの方でよかった）

キーラは積み重なった木箱の中でもひときわ古く見える箱の蓋を開ける。そこにはいくつかの本や書類に交ざって、布張りの台紙に挟まれた契約書が入っていた。

「これをご覧になっていただけますか。私には理解できない内容のものですが、エイヴリル様が『この家が立ち行かなくなる前に、アカデミーから派遣される補佐の方に見せるように』と」

「失礼いたします」

キーラから台紙を受け取ったシリルは書類をめくる。そしてすぐに表情を歪めた。

「――これは、大いに問題がある」

「問題、と申しますと……？」

キーラの問いにシリルが答えようと口を開いたところで、部屋の入り口から声がした。

「ここで何をしている」

「だ、旦那様」

慌ててキーラは礼をし一歩下がる。

「屋敷内を案内するというのに、使用人用の部屋の方向へ向かうから何をするかと思えば。せっかく来ているのだから、メイドなどと遊んでいないで早く雑務を片付けてくれないか。こんな楽しみ方をするというなら、アカデミーから出ている給金を私に支払ってもらいたいぐらいだな」

　帳簿を隠し終えたアリンガム伯爵に怖いものはもうないらしい。追いかけてきて、溜まりに溜まった伯爵領の雑務に早く取りかからせたいようだった。

　発言を許されないキーラの代わりに、シリルが口を開く。

「いいえ。私はメイドと遊んでいたわけではありません。書斎のほかにも重要な書類が管理されている場所を教わっていたのです」

「ふん、何を言っている。ここは使用人用の部屋だ。そんなものがあるはずが、」

　そこまで口にして、アリンガム伯爵は目の前に突きつけられた契約書にたじろいだ。

「これは……!?」

「屋敷とアリンガム伯爵領の一部を担保にした借金の契約書ですね」

「なぜ貴様が持っている！」

　声を荒らげたアリンガム伯爵に、シリルは軽蔑が入り混じった冷ややかな視線を向ける。

「ずっとここに保管されていたようです。恐らく、この家の行く末を案じた誰かが適切なタイミングで適切な人間に判断を委ねられるように、と」

「ど、どうして消えた契約書がここに……一体誰が！　金庫の暗証番号はとてつもなく長く複雑なものにしてあったはずなのに」

（それはエイヴリル様ね）

　会話を見守っていたキーラにはその理由がいとも簡単にわかる。

エイヴリルは記憶力がよく、書斎を任されていた。偶然目にした番号を覚えていて、この契約書を見つけたのだろう。

黙って見守っていると、シリルが語気を強める。

「この契約書を突きつけられてもまだ現実を見られませんか。問題は、あなたが担保としている領地の土地が法律で決められた上限ぎりぎりであり、借金を返せる見込みもないところにあります」

「そ、それは！」

「先ほど拝見した帳簿から見てもこの家の没落は決定事項でしょう」

「こんなのでっち上げだ！　私は知らんぞ！」

「契約書の書式を見ても、これは有効なものですね」

激昂《げきこう》し知らぬふりを決め込んだらしいアリンガム伯爵だったが、事実だけを突きつけてくるシリルを前に数秒と持たず陥落した。くずおれて頭を抱える。

「どうしてこんなことに……補佐として来るのは、ただ数字に強く記憶力が優れていて、雑務の処理能力に長《た》けた人間でありさえすればよかったんだ……。それがどうしてこんなことに……」

どうして、とうわ言のようにくり返すアリンガム伯爵に向け、シリルは吐き捨てるように告げる。

「あなたが今仰った能力はどれをとっても認められ称賛されるべきものと思いますが。ご自分にないものをそこまで軽視できる方の気が知れません」

「何だと!?」

「まぁ、没落は時間の問題ですが、領民と使用人には何の罪もありません。然るべき対処ができるよう手配しましょう」

「ま、待ってくれ。娘が……コリンナさえ借金の相手……大富豪のリンドバーグ伯爵家に働きに出られれば、借金はまた猶予されるのだ」

アリンガム伯爵の言葉に、シリルはパチンと音を立てて台紙を閉じた。

「足掻《あが》くのは自由ですが、私は没落の日に向かって粛々と進めさせていただきます。……しかし、これでわかりましたか。あなた方が無能だと罵っていた相手は、この家の人間に侮られていることを逆手にとる小賢《こざか》しい人物だったようですね」

「くっ……許さんぞ、エイヴリル……！」

「何をしてももう無駄ですよ」

二人の会話を静かに見守っていたキーラは安堵の息を吐く。

（シリル様、ほとんどのご意見は鋭く当たっていますが、エイヴリル様……お嬢様、に関しては全く違うかと）

そして、幸せに暮らしているらしいエイヴリルのことを思ってしみじみと微笑んだのだった。


一方、ランチェスター公爵家で幸せに暮らしているエイヴリルはといえば、サロンで再びの来客に目を瞬いていた。

（生地が……ドレスの生地が）

エイヴリルが凝視しているのは、目の前の来客が着ているドレスではない。エイヴリル用に持ち込まれたあられもない形のドレスだった。

「どうかしら？　色は少し地味だけれど、悪女らしいデザインですわ。ほら、背中がこんなに開いています」

（まぁ！）

持ち込んだ張本人であるアレクサンドラ・リンドバーグがドレスを吊るすトルソーをくるりと回すと、そこには大胆に開いた背中が現れる。

エイヴリルは両手で顔を隠し、そうっと指の隙間からドレスを覗いた。

（せっ……背中！　背中が……！）

こんなものを着て動ける世の中の悪女を心から尊敬したい。

エイヴリルならば一歩目、いや立ち上がった瞬間に肩から落とす自信があった。

しかも拾ってくれるのがエスコートを務めるディランなら、お互いに居《い》た堪《たま》れなすぎる。

「エイヴリル様、今ここでお召しになるのならばメイドのグレイスをお呼びしましょうか」

「!?!?」

クリスに囁かれて、エイヴリルははたと背中を押さえた。全力で遠慮したい。けれどしかし。

（でも、コリンナはこういうドレスをたくさん持っていたわ……！）

となれば、答えは一つしかない。

「き、ききき着ま、」

これは、アレクサンドラがわざわざ持ってきてくれた悪女らしいドレスだ。

もう覚悟を決めて着るしかないと声を震わせたところで、ディランがサロンに入ってきた。

「……クリスもアレクサンドラ嬢も、私の婚約者で遊ぶのはやめてもらえるか」

「あら。そんなのもったいないですわ。私、エイヴリル様とお話をすると元気が出ましてよ。今日だって、このドレスをお見せしたらどんなお顔をなさるのかそれはもう楽しみでしたの」

「僭越《せんえつ》ながら、私もエイヴリル様を揶揄うのが毎日の楽しみになりつつありまして」

アレクサンドラとクリスの答えを完璧に聞き流しながら、エイヴリルは立ち上がってドレスを抱え込む。

「着ますわ！　ちょうど最近暑いと思っていたのです」

「エイヴリル。これは体温調節のために生地が薄く布面積が少ないわけではない」

「わかっていますわ！　ですがあられもない服装は悪女として当然の嗜みですから……！」

「今、あられもないとはっきり言ったな」

「!?　と、とにかく一度は挑戦を……！」

ディランがドレスに手をかけるが、エイヴリルは薄い布地を摑んだまま放さなかった。

（悪女になりきる私にこのドレスを選んでくださったアレクサンドラ様の好意を、決して無駄にはできません……！）

考えたことがそのまま口に出るのはエイヴリルの悪いところ、無駄に向上心が高いのはエイヴリルのいいところ。

今日はその長所にディランが頭を抱えつつあるところで、エイヴリルの背後から手が伸び、手元からドレスがするりと引き抜かれた。

「……!?」

「エイヴリル様のサイズにお直ししておきますわ」

「グ、グレイス」

「このままでは立ち上がっただけでドレスが床に落ちますから」

「あ、ありがとうございます……」

お直しを申し出たのはグレイスだった。ちなみに、キャロルはいつも通りいない。

エイヴリルの心配をそのまま察してくれるグレイスとは随分距離が縮まった。これは任せるしかないだろう。

この場で着なくて済んだことに少しだけホッとしつつ大人しくドレスを引き渡すと、グレイスとディランは目配せをし合っている。

「グレイス」

「はい、旦那様」

「このドレス、背中を縫い合わせておいてくれるか」

「承知いたしました。それはもう隙間なくきっちりと」

エイヴリルにはこの会話の意図するところがどうもわからないが、どうやら背中は守れるらしい。

安堵していると、アレクサンドラが上品に微笑んだ。

「ふふふ。ランチェスター公爵閣下のこんなに人間味のあるお顔が見られるなんて、私としても新鮮ですわ」

「ああ、正直敵わないところだな」

自分を悪女と認めているように思える二人の会話に満足しつつ、エイヴリルはソファに座り直す。

（そういえば、アレクサンドラ様はどのような御用でいらっしゃったのかしら）

まさか自分に悪女のドレスをプレゼントするためだけのはずがない。首を傾げていると、アレクサンドラが涼しげに告げてくる。

「お二人の結婚式はいつですの？　いつまで待っても招待状が届かないので、催促しに来たところでしてよ」

「！」

（そういえば契約書にあったわ……！　然るべきタイミングで式を挙げる、と）

離縁されることがわかっていながら式を挙げるのは、普通の貴族令嬢ならできれば避けたいところだろう。

けれど、契約結婚が期間満了を迎えた後で自由を手にする予定のエイヴリルには望むところだ。

「それはディラン様とご相談いたしますわ」

エイヴリルが澄まして答えると、隣でディランがごほごほとむせた。

一体どうしたのか。ディランは、なぜか笑いながら背中をさすろうとするクリスを追い払って顔を顰《しか》める。

「アレクサンドラ嬢。その話は少し待ってほしい」

「あら。おめでたくて楽しい話題ですのに、どうしてかしら」

「少し前に話した……彼女の実家の話と、私たち二人のことに関わる」

ディランとアレクサンドラの会話は意味深にも聞こえるが、それよりもいつも冷静なディランの目がどこか泳いでいるのが謎でしかない。

(実家の話というのはシリル・ブランドナー様によるアリンガム伯爵家の再建がある程度進んでからということなのでしょうか……。それにしても、私たち二人――ディラン様と私、の問題って?)

紅茶を口に含んだまま、鈍いエイヴリルはさらに首を傾げる。契約上の妻として口出しはできないが、なるべく期待に添いたい。

「エイヴリル様のご実家のお話といえば……私ね、この前、あなたの義妹を侍女として雇い入れようと思ったの」

「!?」

アレクサンドラの思わぬ発言に、エイヴリルはぽかんと口を開けた。こういった類の話で彼女は冗談を言うタイプだったか。いや否である。

しかも、アレクサンドラはエイヴリルが義妹のせいで悪女として嫁ぐことになったことを知っている。控えめに見て、悪女を貫きたいエイヴリルにこの話題は大ピンチだった。

(それにコリンナを侍女にだなんて。あの子には絶対に無理だし、何よりも引き受けないと思うのだけれど……）

　さて、どうしたものか。目を瞬いてこの場の切り抜け方を考えていると、アレクサンドラはさらに重ねた。

「アリンガム伯爵家は資金繰りに困っていらっしゃるでしょう。あなたの妹が私の下で働けば借金の返済に猶予を与えると伝えたのだけれど、約束の日に王都に現れなくて」

「あの、妹は箱入りで……あの、」

　取り繕おうと思ったが、とても箱入りではないコリンナの姿が脳裏に浮かぶ。両親の目を盗んであられもない服に着替え仮面舞踏会へ出入りし、見知らぬ殿方を部屋に招き入れ、気に入らないことがあれば喚き散らす義妹の姿が。

（今、コリンナは謹慎のせいで夜遊びの場に出られなくなってはいるけれど、本来の意味では箱入りではないわ、間違いなく）

「ふぅん。あなたの妹は箱入りのお嬢様なのね」

「……え、ええ。……結果的に箱入りですわ」

「けっかてきに？」

「……とにかく箱入りですわ。ですから、アレクサンドラ様にお仕えするには少し時間がかかるのではと……」

　くすくすと笑いどこか楽しそうなアレクサンドラは、本当の悪女はコリンナの方だと知っている。だからこの会話はディランを前にした茶番でしかないのだが、エイヴリルはちょっと本気だった。

もともと資金繰りが苦しかったアリンガム伯爵家がさらなる窮地に陥ったのは、コリンナがアレクサンドラの元婚約者に手を出したせいだ。

（コリンナが侍女としてお仕えすることで借金の返済をまた猶予してもらえるなら悪い話ではないわ……！）

ちなみに、ここまでエイヴリルがアリンガム伯爵家のことを気にするのはお世話になった人々が残っているからである。両親と義妹に情はない。

（以前、ディラン様がアリンガム伯爵家の使用人をランチェスター公爵家で雇えると仰っていたわ。本当に没落することになる前にもう一度確認しておいた方がよさそうですね……）

そんなことを考えていると、少し困惑したようなディランの声が挟まれた。

「アレクサンドラ嬢。先日も話したが、その件についても待ってほしい」

「あら。どうしてでしょうか？　これに関しては、お互いにこれ以上いい話はなくってよ」

「あなたの考えていることはよくわかる。しかし、エイヴリルに危険が及ばない状況になってからにしてほしい」

先日、呼んだ覚えのない男娼が訪ねてきてからというもの、ディランはエイヴリルが心配で仕方がない様子だった。

（つまり、この前の男娼騒ぎはコリンナが関わっているのかしら。そして、ディラン様はそれを知っている……？）

何となく考えてみるものの、推測の域を出ない。

けれど確認するのも気が進まない。言葉選びによっては遊び慣れていないと一発でばれてしまうからだ。

沈黙は金、口は災いの元。遠くの国の言葉で心を決め、音を立てずに紅茶を飲むエイヴリルに、アレクサンドラが微笑む。

「婚約者なんて中途半端な地位だからそんな問題が起きるのですわ。さっさと結婚式を挙げてしまえばいいのです。そうすれば、エイヴリル様は名実ともにランチェスター公爵家の優れた女主人になりますわ」

「ええと、私は悪女ですね」

「あーそうそうごめんなさい。優秀な悪女よ。……とにかく」

ディランの手前、悪女だと念を押したエイヴリルにアレクサンドラは立ち上がる。

「何でもいいから、早く結婚式に招待してくださる？　新しい侍女を雇いたいし、ランチェスター公爵家の女主人になったあなたをとても楽しみにしておりますの。ではこれで」

「…………」

「？　承知いたしましたわ」

ディランが答えないので代わりにエイヴリルが応じた。

エイヴリルがランチェスター公爵家の女主人になるのはほんの一時期なのが本当に申し訳ないところだったが、結婚式については契約書にも記された重要なイベントである。

（悪女として、しっかり履行しなければ……！）

ぎゅっと拳を握り締めると、隣で微笑んでいるディランの口からわずかに息が漏れる気配がした。

アレクサンドラを見送った後、ディランはエイヴリルに告げてくる。

「……エイヴリル。君はまた、契約のために頑張ろうと思っただろう？」

「!?」

自分はついうっかり思ったことをしゃべっていたのか。エイヴリルはそっと口元を押さえたが、ディランの意図するところは違う様子だった。

「私たちの契約内容については、一度話し合いたいと思っていた」

「あら。それでしたら、私もディラン様に確認しておきたいことが」

（契約満了後、アリンガム伯爵家の使用人の方々をこちらで働かせてもらう件について、念押ししておかなければ……！）

「それならば今度改めて時間をとろう。この屋敷を離れて、ゆっくり話せる場所へ」

「承知いたしましたわ。これは〝デート〟ですわね。得意分野ですし受けて立ちますわ！」

エイヴリルがにっこりと微笑んでみせるとディランは苦笑する。ついさっきまでのアレクサンドラが同席していたタイミングでは見せない、砕けた表情だ。

「君にとっては、男からの誘いは戦いなのか」

「そのようなものです。悪女ですから」

「……何だか、エイヴリルを相手にすると挑む前から負けた気になるのはなぜだ」

それはちょっとよくわからない。

けれど、久しぶりのディランとのお出かけである。

契約を履行しようという気持ちとは別に、ただその日が楽しみだった。

その頃、使用人用の休憩室。

コリンナに遣わされたメイドのキャロルは、主からの手紙に青ざめていた。

(この手紙にこの前の訪問が失敗したのは私のせいだって書いてある。それで今月の給金が入らないなんて……。ただでさえ支払いが遅れているのに、これでは母と弟妹が飢えてしまう)

先日の男娼騒ぎ、キャロルはコリンナから詳細を聞いていなかった。ただ、指定した時間にエイヴリルを庭の門前まで連れてくるように言われていただけだ。

けれど、コリンナの性格から見てろくでもない作戦が練られていることは容易に想像できた。

キャロルはコリンナに雇われているが、心から慕っているわけではない。

コリンナは天使のような見た目をした悪女だ。望む言葉をくれず、意のままに動かない相手は無慈悲にバッサリと切り捨てていく。

だから、職を失わずうまくやっていくためには多少の嘘も必要だった。コリンナの機嫌をとることが最優先で、意にそぐわないであろう報告はもみ消すのが鉄則——のはずだった。

学歴も能力も器量もない自分が家族を養うためには、そうやって生きていくしかない。

けれど、あの日。キャロルはエイヴリルの何げない声かけに少しだけ心が揺れてしまった。陥れられようとしているのに、おっとりとしてその相手を心配してくるエイヴリルを眩しいと思ったのだ。

(あのときは……少しだけ魔が差したのよ。自分が何のために働いているかを忘れていた。これまで通りエイヴリル・アリンガムとは距離をきちんととって……やっぱり命令に従うべきだった)

手紙をぐしゃりと握りつぶしたところで背後の扉が開く。振り返ると、入ってきたのは好んでエイヴリルの世話をしているグレイスだった。

その手には籠があり、ひと目で高級とわかる深い緑色の布が入っている。

「……グレイスさん、それは何ですか?」

「ああ。エイヴリル様のドレスです。少し露出が多すぎるようなのでお直ししようかと」

意味深な視線を送るキャロルに、グレイスは気がついていない様子だ。

(露出が多いドレス……。色に派手さはないけど、この上質な布地はコリンナ様がお好きだわ)

どうせあの純真なエイヴリルはそんなドレスは着ないし、第一彼女を溺愛するディランが許さないだろう。

(もしかして、コリンナ様に贈れば機嫌を直してくれるかもしれない)

さらに『一度も顔を合わせたことがなく冷遇するエイヴリルへの世間体を保つための形ばかりの贈り物だ』という手紙を添えればさらに喜ぶのではないか。

汚名返上のチャンスに気がついたキャロルは、努めて平坦な声で応じる。

「なるほど。……もしよろしければ、私が承ります」

珍しい申し出に、グレイスは眉根を寄せたように見えた。

「一体どういう風の吹き回しでしょうか？　キャロルさんはエイヴリル様のお世話をしたくないのでは」

「いえ。別にそういうわけじゃ……。ていうか、いくらお直しするとはいえ、こんなに背中が開いたドレスをあの人着るって言いました？」

「エイヴリル様は誤った方向の努力をされそうでしたので、旦那様よりお直しを承りました」

「あーなるほど」

「これは私が旦那様とエイヴリル様から承った直しですので。気遣いはいりません」

グレイスは「後で繕うから触らずにこのままにしておいてくれ」と続けると休憩室を出ていく。

「…………」

それを見送ったキャロルは、籠に手をかけたのだった。


次の休日。ディランに誘われ、エイヴリルは王都の近郊にあるランチェスター公爵家の別邸へと来ていた。

「こ……こんなところにも宮殿が」

広い庭園と、白亜の城。王都のタウンハウスに引けをとらない荘厳な佇まいの別荘である。少し前までエイヴリルが部屋をもらっていた〝宮殿〟そっくりの豪華さに、ただただ感動するしかない。

「思えば、エイヴリルに言わせれば宮殿だらけだな。うちは」

「まぁ」

（そういえば……ランチェスター公爵家といえば国内の十ヶ所以上に別邸をお持ちの大富豪だわ）

どうしてそんな名門で大富豪の公爵様が自分のところに縁談を。しかも、多額の支度金と慰謝料つきだなんて。契約結婚すごい、ランチェスター公爵家の事情とコリンナの夜遊びありがとう、と感謝したい気持ちになる。

「……そういえば、昼食を持ってきたと聞いたんだが？」

「ええ！　せっかくのお出かけですから、お弁当があると楽しいかと思いまして」

「ここの別邸にもシェフはいる。無理をして持ってくる必要はない。とにかくそのバスケットを持とう」

ディランからの問いかけに、エイヴリルは抱えていたバスケットを高く掲げて拒否する。

「このお弁当は私が作ったのです。ランチタイムまで、私が責任を持って大切に持ち歩きますわ」

「……!?」

途端に、ディランの精悍な瞳が信じられないというふうに見開かれた。

「昼食を……エイヴリルが……？」

「はい！　以前、私が夜食を作るとお話ししたときに特に抵抗がないようでしたので。一応、厨房の皆様とクリス様にお毒見をしていただいたのでディラン様が召し上がっても大丈夫なものですわ」

「……つまり、クリスはもうそれを食べたというのか。私に何の断りもなく」

「？　召し上がったというか、あの、お毒見ですねお毒見」

数歩離れたところからこちらの様子を見守っているクリスへ、ディランが凍りつきそうなほどに冷たい視線を送っている。

クリスはへらりとした笑みを返してきて、それもまたディランの癇《かん》に障ったようだった。毒見をしたから何だというのか。

いま確かなのは、ディランが少し頬を赤らめて不満げな表情をしているということだけである。

（さっきまで穏やかだったのに、急にディラン様はどうしたのかしら）

「あの、ディラン様……？」

「では昼食にしようか。今すぐに」

「!?　ええと、まだお昼までは数時間ありますが、もう召し上がるのですか！」

「すぐに食べよう。せっかくだからこのまま庭で。すぐにテーブルの用意をさせる」

すぐに、とくり返し使用人にテキパキと指示を始めたディランに、クリスが「後でお腹が空きますよー」と子どもにするような声かけをしてくる。

それを追い払うように、ディランはヒラヒラと手を振る。いじけている。明らかに彼は不満を表明しているが、なぜなのか。

（ディラン様は……そんなにお腹が空いていたのかしら）

ということで諸々《もろもろ》の疑問はさておき、花々が咲き乱れるローズガーデンには昼食用のテーブルセッティングがされた。

ガーデンソファと低めのテーブル。いつものガーデンパーティースタイルではなく、ピクニックに近いセッティングにエイヴリルの心は躍る。

「本当に夢のような宮殿とお庭ですね！　ランチェスター公爵家は国内に十ヶ所以上の別邸をお持ちですわよね。そのすべてがこのような華やかさなのでしょうか？」

「ああ。歴代の当主たちの趣味だったらしい。それにしても、やはりエイヴリルは相当に詳しいな」

「そんなことありませんわ常識ですし気のせいにほかなりません」

しまったしゃべりすぎた。

どこかで読んでいて覚えてしまった知識なのだが、一般的な悪女には興味がない情報だったかもしれない。

早急に話題を変えよう、とエイヴリルはバスケットを開けた。

「とにかく！　今日の昼食はクレープですわ。お野菜やお肉、果物もたくさん持ってきましたので、好きに巻いて召し上がってください」

「クレープ……」

「クリス様にディラン様がお好きな食べ物をお聞きしましたら、このメニューを。私もこれは大好きなのです。子どもの頃に厨房の方が余った小麦粉と食材で作ってくれた思い出のメニューで……」

悪女の子ども時代の話としては随分としょっぱすぎるエピソードである。

けれどディランはそこに突っ込むようなことはない。それどころか、うれしそうな表情でバスケットの中を覗いている。

「確かにクレープは好物だが……こうやって昼食として食べるのは久しぶりだな」

「お忙しいですものね。もしよろしければ、私に作らせてください」

この国で、クレープはピクニックなど少し特別なイベントのときに選ばれるメニューだ。執務に追われているディランには無縁なのだろう。

エイヴリルはクレープを一枚取り、そこに野菜とハム、チーズをのせる。そのままくるくると巻いた。

バスケットの中には生野菜や焼いた肉のほか、野菜をトマトソースで煮たものや卵サラダも入っている。一見簡単に見えるが、それなりに手をかけた品だった。

「はい、どうぞ」

「ありがとう」

「ふふっ」

エイヴリルが巻いたクレープを、ディランはものすごくありがたそうに受け取り、口に運ぶ。

「……おいしい」

「よかったですわ！　これは私の得意料理で。先ほどはクリス様や厨房の方もおいしいと言ってくださいましたし、お腹も壊しませんでした」

「生地にほんのり甘みがあって、具材の塩加減とのバランスがいい。これは本当にうまいな」

「ふふふ、うれしいですわ」

「……もし一つだけ不満があるとしたら、クリスの方が先に食べたことぐらいだな」

「えっ？」

「いや何でもない」

何か聞こえたのは気のせいだったようである。ローズガーデンには花の香りを乗せた爽やかな風が吹く。

エイヴリルはクレープで野菜やフルーツをせっせと巻き、それをディランが食べる。「エイヴリルも食べるように」と促されたが、微笑んでごまかしてさらにクレープを巻いた。

なぜなら、エイヴリルは夕食の時間まで何も食べなくていいほどお腹がいっぱいだった。

（味見をしすぎました……）

朝の時点ではまさかこんなすぐに昼食の時間が来るとは思っていなかったのだ。許してほしい。

一通り食べ終え、食後の紅茶が淹《い》れられたところでディランが徐に切り出す。

「……本当においしかった。子どもの頃、母と一緒にこの庭で過ごしたことを思い出した」

ここからが今日の本題なのだろう。エイヴリルは残りのクレープをお皿に置くと、感慨深げな表情のディランに向き直る。

「ディラン様はこの別邸に特別な思い出がおありなのですね」

「ああ。ブランドナー侯爵家主催のサロンコンサートも同じだ。子どもの頃、よく母と一緒に行った思い出の場所だ」

　エイヴリルがランチェスター公爵家の女主人について知っていることといえば、今はその座が空白ということぐらいだ。

　アリンガム伯爵家でさまざまな情報を把握し、実務を行っていたエイヴリルでも、ランチェスター公爵家の内情は知らない。

　先代のランチェスター公爵は社交界にほとんど姿を見せることがなかった。それよりも自分の趣味を優先し女性と遊んで暮らしたいという好色家である。

　今となれば「辺境の地に住む好色家の老いぼれ公爵閣下」という二つ名は前ランチェスター公爵をとてもよく表したものとわかる。それを踏まえて、エイヴリルはおずおずと問いかけた。

「……ディラン様は領地にお戻りになることがないのですね」

「やはり疑問に思っていたか」

「ええ。これだけ領地のことに心を砕いていらっしゃるディラン様が、社交シーズンの最中とはいえ全く領地にお戻りにならないのは不思議だなと思っていました」

　エイヴリルは辺境の地に嫁ぐつもりでランチェスター公爵家に来たのだ。にもかかわらず、契約上の関係ではあるけれど夫となるディランは王都を離れる様子がない。

　つまり、あまり領地へは行きたくないということなのだろう。

（かといって、ディラン様は特別に都会がお好きという感じはしないわ。いつも書斎でお仕事をされているか、お仕事に関わるお出かけしかされていない）

この辺は、遊び放題だったアリンガム伯――自分の父親、が判断の材料になっている。

どうしようもない当主かつ父親だったが、しょうもない底辺の振る舞いを教えてくれたという視点から見ると感謝しかない。

「私の母親は少女のような人だった。侯爵家の後ろ盾があったが、いつも夢見がちで温室育ちのお嬢様そのものだった」

「……」

エイヴリルは何も言わずに頷いた。今日、ディランが自分に大切な話をしてくれることはわかっていた。

だから、機会があればローレンスに託された印章を返そうと思って持ってきている。それを、ハンカチーフの中で握り締める。

「無垢な母にとってこの結婚は夢のようなものだったはずだ。しかし、私の父親にとっては政略結婚にすぎなかった。人目を憚《はばか》らず多くの愛妾《あいしょう》を置き、母を蔑ろにした」

「ディラン様のお母様は今どちらに……？」

「離縁した後はひっそりと実家で療養している。誰も寄せ付けず、一人で夢の中にいる」

「……この契約結婚の理由がわかりましたわ。ディラン様は本当にお優しい人なのですね」

（ディラン様がどなたとも結婚をしないのは、お相手にお母様のような悲しい思いをさせたくないからなのだわ……）

無論、ディランが前ランチェスター公爵のような振る舞いをするとは到底思えない。

けれど優しいディランのことだ。少しでも、相手に不安を与えるかもしれないと思うだけで怖いのだろう。

　この半年間、ディランのことを見てきたエイヴリルは少しの情報で納得した。そんなエイヴリルをディランは心底不思議そうに見つめてくる。

「……エイヴリルは、私にいつも優しいと言うな」

「ええ。だって、本当のことですから」

「本当のこと、か。確かに、エイヴリルのことは特別に大切にし、優しくしたいと思っている自覚はある」

　少しだけ熱を帯びた声色に、エイヴリルは目を瞬いた。

（それは、契約をきちんと履行するためですね……！）

　ならば、エイヴリルも契約を履行する中で受け取ったものをディランに返さなければいけない。包み持っていた印章をハンカチから取り出してディランに差し出した。

「私は、これをディラン様にお返ししないといけません」

「……印章か。ローレンスに渡されたんだな」

「はい。これは、ランチェスター公爵家の女主人が持つべきものと伺っております」

「つい最近まで、この家には不要なものだった。見るだけで不快になるから預かってもらっていた」

見るだけで不快とは相当な代物である。ということは、これはディランに返してはいけない。けれどかといって自分が持っているわけにもいかない。

(なるほど。それでは、この印章はどうしたらよいのでしょうか)

首を傾げたところで、印章をのせたエイヴリルの手にディランの手が重ねられた。

(!?　ええと、これは……？)

エスコートでも何でもないのに手が触れている。人払いをしているので周囲に人はいない。クリスでさえ門の近くでお散歩をしている。

使用人たちへ契約結婚をごまかすため、仲の良い婚約者同士のふりをする必要はない……はずなのだが。

(これは……印章を見たくないから隠している……ということでよろしいでしょうか)

そうとしか思えない若干ずれたエイヴリルに、ディランが告げてくる。

「――エイヴリル・アリンガム。私と結婚してほしい」

「……!?」

一体どういうことなのか。唐突すぎて本当に意味がわからない。そして、急に変わった声色とぴりりとした緊張感に何となく息を呑んでしまう。

けれどエイヴリルはすぐに持ち直した。

(なるほど。少し驚いてしまいましたが、これは契約結婚の話をされているのですね……！)

自分で納得のいく答えを見つけ、たおやかに微笑む。

「もちろんですわ。あとは結婚式を挙げて、婚姻誓約書を出せば完璧です」

「いや契約結婚の話をしているわけでは、」

「大丈夫です。ランチェスター公爵家に嫁いだ悪女として、完璧な結婚式を挙げてみせますから、ご安心を！」

「いやだからそういうことではなくて……」

いつもはクールな印象が強いディランが、めずらしく狼狽《ろうばい》している。いや、エイヴリルやクリスの前では親しみある表情を見せてくれることも多いのだが、それにしてもである。

つまり、どうやらこの会話に関するディランの真意は違うところにあるらしい。

しかしエイヴリルはまずこの手の中の印章の行き先を確認しなければいけない。

「とにかく、この印章は私に持っていてほしいということでしょうか」

「……まあそれに関してはそういうことだな」

「では、契約期間満了まで私はこの印章を大切にお守りします」

そういうことなら話は早い。もっとストレートに言ってほしかったと思いつつ印章をハンカチに包みぎゅっと抱き締めると、ディランは自身の髪をくしゃりと摑んで諦めの声をあげた。

「まさかこれだけ言っても伝わらないとは。……もしかしてエイヴリルは私が嫌いなのか」

「……!?」

端整な顔立ちに陰を落としたディランにまたしてもエイヴリルは慌てた。違う。断じて、そんなはずはない。

「いいえ、いいえいいえ。いつでもお優しいディラン様が私は大好きですわ」

「それ、さっき食べたクレープに言っていた『好き』と同じレベルだな」

「いいえ。クレープはおいしいですが優しくはありませんし」

「君が作ってくれたクレープは優しい味だった。おいしいし、好みだ」

エイヴリルが「喜んでいただけて何よりです」と微笑むと、ディランはため息をつく。

「エイヴリルは周りに鈍いとよく言われるだろう」

「ええと、特には。実家では無能……、いえ無能な悪女ということでしたので、そちらの方のインパクトが強かったようです」

「君の実家の罪が本当に重いことを再認識した」

秋の空に、ぴゅうと風が吹いた。いいお天気だが、風は少しずつ冷たくなっている。

「……君には言葉を重ねるよりも行動でわかってもらうしかないようだな」

「いいえ。悪女として、ディラン様のお考えはよくわかっております」

「まぁ、そうだろうな？　しかし私はさらに努力しよう」

「それでは私も頑張りますわ」

三年間の契約結婚を履行し、その間印章を大切に持てばいいのだろう。自信を持って頷くと、ディランは耐えきれないという様子でぷはっと笑った。

エイヴリルは、自分には無償の愛を理解するのが少し難しいという自覚がある。

たとえば、子どもが親から無条件に愛されるのはわかるが、自分にそれに近いことが起きるとは思えない。

けれど、自分を思いやってくれるアリンガム伯爵家の使用人のことは大好きで信頼している。

なんだかんだ言ってもキャロルだって憎めないしいい方向に向かえばいいと思う。ちなみに父親継母義妹は対象外である。

(私の考えが少しずれているような気はしますが……今は、ディラン様の望みを叶えるだけですわ。契約上の妻として)

決意を新たにしていると、ディランが立ち上がる。

「食事も終わったし、屋敷の中を案内する。ここはエイヴリルが好きそうなものが多いんだ」

「まぁ。それはとても楽しみです」

優しい視線をくれてからゆっくりと歩き出したディランの背中を、エイヴリルは不思議な気持ちで見つめた。

(さっきのディラン様のお声があまりにも真剣で甘いので、ついドキドキしてしまいました……！たとえ契約結婚であっても、結婚の申し込みって本当に素敵ですね)

自分には一生縁がないと思っていた言葉。

エイヴリルはそれをゆっくりと噛み締めてから、のほほんと庭を歩いたのだった。

第十章◆入れ替わりの結婚式

　ということで、程なくして結婚式の準備が始まった。

「ディラン様。招待客のリストの確認をお願いできますか？　招待状の手配は済ませてありますから、あとはディラン様の署名をここにいただくだけです。その後の晩餐会《ばんさんかい》のメニューはランチェスター公爵家の伝統に合わせていますし、来月には試食会を行う予定です。それから讃美歌《さんびか》はブランドナー侯爵家が、乾杯の前にはローレンス殿下がお祝いの言葉を、」

「……あまりにも手際が良すぎないか？」

「えっ」

　しまった。ディランの驚いた表情を見て自分がやりすぎたことに気がついたエイヴリルは目を泳がせる。

　アリンガム伯爵家では、お茶会や晩餐会の手配をするのは伯爵夫人である継母ではなくエイヴリルだった。

　そのせいでこういったことの手配はお手のものなのだが、一般的な悪女のイメージとしては方向性を修正しておく必要がある。

「け、結婚式を挙げるのは初めてですが、お遊びの主催には慣れていますから」

「エイヴリルが想像する仮面舞踏会とは、随分と格式高いものだったようだな」

「え？」

「いや何でもない」

ディランは楽しそうに目を細めているし、背後ではクリスが吹き出す気配がした。

今日はちょっと理由がわかったが、気に留めるわけにはいかない。勢いで乗り切るしかなかった。

気を取り直して、エイヴリルは招待客のリストに視線を落とす。

「招待客ですが、アリンガム伯爵家からは私の両親を。支度金のお話をしてくるかと思いますが、〝エイヴリルに直接渡してある〟とお伝えくださいませ」

「そのことだが。本来、君の両親を招待しないわけにはいかないが、今回はリストから外してもと思っている」

「あら、どうしてでしょうか」

「いつも言っているだろう。君の実家の罪はあらゆる意味で重いと」

「まぁ」

予想外の返答に、エイヴリルは目を瞬いた。

(ディラン様は本当にお優しい方ですね。私のために私よりも怒ってくださる方の存在は……とてもありがたく幸せなものです)

そこにダイニングの扉が開いて、メイドのグレイスが顔を覗かせる。

「旦那様、エイヴリル様。馬車の準備ができました」

今日は、結婚式のためのドレスを作りに行く日だった。

ディランにエスコートされて、エイヴリルは馬車に乗り込む。

「ああ、すぐに行く」


王都で一番人気のドレス工房。この工房は予約がとれないことで有名で、名門公爵家の依頼でも普通なら数ヶ月待ちらしい。

けれどお得意様のアレクサンドラが手を回してくれたおかげで、エイヴリルのウエディングドレスはここで作られることになっている。

接客用の華やかな個室に案内されたエイヴリルは周囲をキョロキョロと見回していた。

(すごいわ、高級そうな生地がたくさん……！　けれど、ドレス代は支度金からですよね……ランチェスター公爵家の品位を落とすわけにはいきませんが、無理のない範囲で少しでも節約したいところです)

こっそり決意したところに、隣からディランの声が降ってくる。

「余計な心配をしていそうだから先に伝えておくが、ドレス代の心配はしなくていい」

「まぁ。ですが、ドレスは花嫁側が準備するのがこの国の慣習ですわ」

「ではこうしよう。もしエイヴリルが今の暮らしを幸せだと思ってくれているなら、結婚式用のドレスは好きに作ってくれ。私はそれをプレゼントする」

「プ、プレゼント、でしょうか」

「ああ。君がそのドレスを着ているのを見るのが楽しみだ」

(プレゼント……プレゼント……それは、贈り物……)

ディランの言葉を反芻し、やっと意味を理解したエイヴリルは頬を赤らめる。

ランチェスター公爵家に嫁いでからというもの、エイヴリルはディランからたくさんの贈り物をもらった。

ドレスやジュエリーなどの身の周りの品にはじまり、エイヴリル専用のライブラリー、そこに大量に運び込まれた本、王都で人気のお菓子や娯楽の品。子ども用のおもちゃとして人気のしゃべる猫のぬいぐるみ。

ぬいぐるみについては、クリスが面白がって買ったらしい。悪女になんてものを、と心外に思ったものの、意外と気に入ったエイヴリルは今では毎晩一緒に寝ている。その話をしたとき、複雑そうな顔をしたディランの背後でクリスが盛大に吹いていた。

こんなふうに、これまでの贈り物はどれも何も持たずに嫁いできたエイヴリルを公爵家の婚約者らしく見せるためのものだった。

けれど、今回ばかりは違う。何といっても、本来はエイヴリルが自分で準備するのが当然の結婚式のためのドレスだ。

アリンガム伯爵家にいた頃は、誕生日やお祝いのときに贈り物を山のようにもらえるのはコリンナだけ。子どもの頃は悲しいと思ったこともあったが、いつの間にか気にならなくなった。

だからこそ、無縁だと思っていた『贈り物』に驚いてしまう。

（本当に特別な贈り物という感じがして、うれしいです……！）

そう思うといてもたってもいられない。ここが外だということも忘れて、隣に座っているディランに向け声を弾ませる。

「ディラン様は、私にどんなドレスが似合うとお思いでしょうか？」

エイヴリルの問いかけに、ディランは少々面食らった様子だった。

「……プレゼントだとは言ったが、私の意見は気にしなくていい。エイヴリルが好きなものを選べ」

「ですが、私はディラン様の好みを聞きたいのです」

「……私の？」

「ええ。一生に一度のウエディングドレスですから」

一生に一度の結婚式。自分を認めてくれる人たちに囲まれて執り行われるそれは、たとえ形ばかりのものだとしてもどんなに素敵だろう。

（私は契約期間が終わったらランチェスター公爵家を出ていくけれど、それまではこの身に余る幸せを大切にしたいわ）

ディランの瞳をまっすぐに見つめると、彼は美しい顔に困惑を滲ませる。けれど、困っているというよりはどこか照れているようにも見えた。するとすかさず背後からクリスの声がする。

「よかったですね頑張ってください」

「クリスは黙っていろ」

ディランはクリスを遠ざけようとしたものの、エイヴリルは浮かれていた。

「クリスさんもご相談に乗ってくださいますか」

「ええ、私でよろしければ」

「お前はだめだ下がっていろ」

「ということですので。二人でごゆっくり」

クリスは胡散臭《うさんくさ》い笑顔を浮かべて遠ざかっていく。それを剣呑な視線で見送ってから、ディランは遠慮がちに告げてくる。

「エイヴリルには……繊細な刺繍のドレスが似合うんじゃないか。派手に飾るよりは、伝統的で上品なデザインのものが」

「繊細な刺繍、でしょうか……！」

確かに、ディランが口にした類のドレスはエイヴリルの好みだった。一瞬、心が弾んだもののすぐに思い直す。

（繊細な刺繍のドレスは、職人の方が丁寧に時間をかけて仕上げるものだわ）

贈り物慣れしていないエイヴリルはどうしても予算を気にしてしまう。憧れはするものの次の言葉が出ない。

けれど、ディランはエイヴリルの反応に満足したようだった。すぐに店員を呼び寄せる。

「刺繍だけだとさすがにもったいないな。ドレスに縫い付ける宝石の見本をもらえるか」

「かしこまりました、今すぐに」

（……!?　宝石付きのドレスなんて、いくらランチェスター公爵家が大富豪とはいえ、私には贅沢すぎるのでは!?）

つい数秒前まで浮かれていたエイヴリルは一瞬で蒼くなった。

ディランは派手に飾るよりは上品なものをと言ったが、宝石付きは明らかに派手寄りではないのか。コリンナがたまに着ていた膝が見えそうな丈のドレスに合いそうな気もする。

（何よりも、ドレスに負けてしまいますね、私では）

両手で頬をぺちんと叩《たた》いたところで、少し悪戯《いたずら》っぽい笑顔を浮かべたディランが顔を寄せてきた。

「そういえば、さっきからほかの店員が私たちのことを気にしているな」

「……？」

言葉の通り、エイヴリルは耳を澄ましてみる。すると、広い個室の端で微笑みながらこちらを見つめている二人の店員の話し声が聞こえた。

「……あの方がランチェスター公爵家の公爵夫人になられるエイヴリル様か。お噂とは違って……予想外に初々しいお二人だ」

「本当だな。悪女という噂だったが、素敵な方じゃないか」

（……！）

そうだった、エイヴリルは悪女だった。「予算が気になるのでやめましょう」なんて口が裂けても言ってはいけない。それどころか初々しいという言葉を返上してもらわないといけない。

（わかったわ。まず、ドレスに関しては贈り物ですもの。ありがたくいただくことにします……！）

問題は、初々しさの返上である。……となれば。こそこそと殿方と密会をする義妹の姿を思い浮かべたエイヴリルは、ディランに向き直る。

「ディラン様。今日は随分と他人行儀なのですね。そんなに離れてお座りになって」

「……ああ。そういえば、今日はまだ一度もあれをしていないんじゃないか？」

「……あれ」

「そう、あれだ」

一緒に店員の小声を聞いていたディランもエイヴリルの小芝居に付き合ってくれるようである。

しかしあれとは一体何なのか。朝の挨拶、朝の食事、朝の散歩にエントランス前のモップがけ。今日のエイヴリルにいつもと比べて欠けているところなど一つもない。

（あれと言いますと……初々しくない悪女といえば、至近距離のお付き合いですよね……）

精一杯考えを巡らせたエイヴリルが辿り着いた、それっぽい答えといえば。

「そうですわね、キスがまだです」

「!?」

揶揄うように余裕たっぷりの笑みを向けていたディランが一瞬で固まってしまった。

同時に、小芝居を楽しんでいたエイヴリルも硬直した。どうやら盛大に間違ったらしい。

（これは大変です。ディラン様が固まってしまいました）

そしてディランは紳士である。こんなところで、というかエイヴリルの同意なしにそのようなことをするはずがない。

もちろん、傍《はた》から見れば大っぴらにねだっているに違いないのだが、エイヴリルとディランの関係は契約結婚だ。

エイヴリルも一応はそこまで考えて言ったのだったが、この反応を見ては居た堪れない気持ちになる。

(本当に……申し訳ない間違いを)

床におでこを擦《こす》り付けて詫《わ》びたい気持ちになっているエイヴリルの肩に、ディランの手が乗せられた。

接客用のソファに隣り合って座っていたところを、抱き寄せるように肩に手が乗っている。

一体どうしたのだろう、とエイヴリルが視線を上げる前にディランの顔が近づいて、おでこの近くに何かが触れた。

(……!?)

「今はこれで我慢してくれるか」

「……!」

(……キ、キスを! おでこに、キスを!!!)

今日のエイヴリルの髪型は前髪を丁寧に内巻きにして下ろしてある。だからディランの唇が直接触れることはないのだが、それでも前髪には触れたし、何よりも顔が近い。

口をぱくぱくさせて呆気にとられているエイヴリルに、ディランは遠い目をした。

「〝悪女・エイヴリルは高価な品をねだってくるのだろう?〟という意味だったが、まさかここでキスを求められるとはな……」

「そ、そちらもですわもちろん!!!」

「それならちょうど良い。遠慮せずに選んでくれ」

「!?」

半ばパニック状態のエイヴリルが同意すると、店員がラインストーンがのったトレーを手に持ち、戻ってきたところだった。二人の空気がおかしいことに気づいていても、あえて触れてこないのが高級店の接客でまた居た堪れない。

(これは間違いなくきちんとした宝石です……!)

今さら、選べないとは言えなかった。

多少のトラブルはあったものの、エイヴリルが結婚式で着るドレスは無事にオーダーされた。

こんなに贅沢なドレスは自分には似合わないと思いつつ選んだものの、ディランが自分のために選んでくれたのだと思うと心が温かくなる。

(これは、今までで一番心のこもった大切なプレゼントです。契約結婚の期限が来たら置いていかないといけないものかもしれませんが……。仕立て上がったら、目に焼き付けて大切にしましょう)

店員たちの不自然に優しい視線に見送られながら個室を後にしたエイヴリルは、はたとさっきの出来事を思い出して前髪をさする。

(それにしても、まさかディラン様がここまでなさるなんてびっくりしました……! これって店員さんからしたら、悪女というよりはただ仲が良い婚約者もしくは夫婦なのでは!?)

今さらながら気がついたものの、いつも突っ込んでくれるはずのクリスはドレス選びの前に追い出されていなかった。残念である。

——後日、個室の入り口付近で見守っていたクリスに「二人とも何やってんですか」と涙を流しながら笑われ、ディランが頭を抱えたことをエイヴリルは知らない。


ディラン・ランチェスターとエイヴリル・アリンガムが結婚式を挙げるという噂は、アリンガム伯爵家がある田舎町にも知れ渡っていた。

これまで謎に包まれていた若き公爵と悪女と名高い奔放な令嬢の結婚。

皆の興味を引くのは当然のことである。

それが面白くないコリンナは、豪華な調度品が消《き》え失《う》せたサロンで人目を気にせずに毒づく。

「ねえ。エイヴリルの結婚式に私が招待されていないってどういうことなの？　あの子、生意気なのよ！　お父様、すぐに連絡をとって私にも招待状を送るように言ってくださいな」

「コリンナ。今うちはそれどころじゃないんだ。この殺風景な部屋を見てもわかるだろう。正直なところ、今度の結婚式のために王都へ赴くのすらつらい。お前まで連れていく余裕がない」

「お父様とお母様が王都に行くのに、私はお留守番ってこと!?　そんなの絶対に嫌だわ」

「それならリンドバーグ伯爵家に行くんだ。アレクサンドラ様は王都のタウンハウスにお前をお呼びだし、行けば借金の猶予もされる。お願いだ、行ってくれ」

悲壮な面持ちで頭を下げる父親にコリンナは鼻をふんと鳴らす。何でも叶えてくれる、コリンナにとって便利屋のような存在だった父親はこの数ヶ月間で一気に老け込んでしまった。

(エイヴリルが支度金を送らないからだと思っていたけれど……何だかそれだけじゃないみたいなのよね)

父親の様子がおかしくなったのは、シリル・ブランドナーという名前の若い青年が来てからだ。数ヶ月前からこの家に出入りするようになったアカデミー出身の補佐は、補佐のくせに父親を格下扱いしているのが一目瞭然である。

別にそれはどうでもいい。コリンナにとっては何の関係もない。

けれど、資金のことに関しては大問題だった。

ドレスや装飾品はおろか、遊びに行くお金も捻出できないし、食事も日々質素になっていく。美術品や家財道具を売って得た資金も、前ならば少しはコリンナや母親に渡されていた。けれど、彼が来てからはほかのところに回されているようで贅沢ができたためしがない。

今日着ているドレスだって何度も袖を通したもの。アリンガム伯爵家にやってきてから贅沢しか知らなかったコリンナは怒りを通り越して困惑するばかりだった。

(こんな生活、もう耐えきれない！　すぐにエイヴリルと入れ替わるか出ていくかしかないわ！)

作戦の決行に決意を新たにしていると、母親がよろよろとしながら現れる。

「あなた。ここのところ使用人が全然姿を見せないんだけれど、皆どこへ行ってしまったのかしら」

「給金が払えていないんだ。出ていくのも仕方がないことだろう」

「う、嘘でしょう？　みんな代々うちに仕えてきた人間なのよ？　忠誠心はないの!?」

「……最初は皆躊躇《ためら》いがちだった。しかし、シリル・ブランドナーが新しい就職先を手配したら、皆そちらへ行くと逃げてしまった。一体どんな手を使ったんだか」

父親と母親の絶望感溢れる会話を聞きながら、コリンナは空気を読まずにあるドレスを取り出す。

「お父様、お母様、ご覧になって？　この前、ランチェスター公爵家に勤めているキャロルから素敵なドレスが届いたのよ。斬新なデザインと上質な生地が素敵でしょう」

それは深いグリーンのドレスだった。一見、オーソドックスなイブニングドレスに見えるが、背中は大きく開いていてセクシーなうえに生地は上質。

（キャロルったら、いいものを送ってくれたわ。給金をしばらく払っていないのが効いたのかしら。……まぁ、支払いたくても支払えないのだけれど）

「……メイドのキャロルから、って。あなた、それを着てどこへ行くつもりなの？」

震え声の母親に、コリンナは本物の悪女らしい微笑みを見せる。

「もちろん結婚式よ。お父様は王都まで赴く費用が厳しいと仰るけれど、帰りは不要よ。だって、私はそのままランチェスター公爵家に入り、エイヴリルをリンドバーグ伯爵家に送り込むんだもの」

「でもね、コリンナ。いくら外見が似ているといっても入れ替わったらすぐにバレてしまうと思うのよ。それよりも大人しく」

「お母様？　便利な駒として動くエイヴリルがいなくなったと思ったら、今度は私を意のままにしようとしてるわけ？」

「こ、コリンナ……！　なんてことを言うの。そんなわけがないじゃない……！」

母親が慌てているのは図星を突かれたということなのだろう。

悪女と呼ばれる自分の母親なのだから、それぐらいの打算的な振る舞いは当然に思える。コリンナは特に傷つくこともなく続けた。

「私もキャロルの〝公爵様には一度も会ってもらえず、使用人にも相手にされず離れに追いやられている〟という手紙を読んだ時点では半信半疑だったわ。でも、王都を訪問したとき、エイヴリルは本当に夫人扱いされていなかったのよ。あれなら、よく似た妹と入れ違ってもわかるはずないわ」

「……本当にうまくいくのかしら……」

「大丈夫ですわ、お母様」

キャロルから送られてきた深いグリーンのドレスを握り締めながら、コリンナは妖艶に微笑んだのだった。

エイヴリルとディランの結婚式の日は、春の花の蕾《つぼみ》がほころび始める頃やってきた。

自室のクローゼット前に飾られたウエディングドレスを見つめて、エイヴリルはほうとため息をつく。

「このドレスは本当に素敵ですね……！　さすが、ディラン様が仕立ててくださったドレスですわ」

「エイヴリル様がそうやってドレスを前に頬を染める姿を見るのも、今日が最後かと思うと寂しいですね」

　グレイスの言葉に、エイヴリルはさらに頬を染めた。

　そうなのだ。このドレスが届いてからというもの、エイヴリルは毎朝着替えながらウエディングドレスの鑑賞を楽しんでいる。

　ドレスやジュエリーにはそこまで興味はないはずだったのだが、このドレスだけはどうしても気になってしまう。

　ディランが自分のために考えてくれた、世界に一つだけの贈り物なのだから当然だった。

（このドレスをオーダーしに行った日のことも思い出深いです）

　前髪にキスされたことをはっきりと思い出しかけて目を瞬いたところで、グレイスが腰のリボンをきゅっと結び終えた気配がした。

「エイヴリル様。結婚式の会場となる教会へはディラン様とは別々の馬車でまいります。エイヴリル様は一足先に到着し、控え室でこのドレスにお召し替えを」

「承知いたしましたわ」

（私たちは契約結婚ですが……。ディラン様はしっかりと求婚してくださいましたし、どこにいても私を婚約者として大切にしてくださいます。こんな毎日が続けばいいのに……と思ってしまうのは、あまりにも贅沢すぎますよね……）

ランチェスター公爵家に来たばかりの頃のエイヴリルは、悪女として契約をしっかり履行することしか考えていなかった。

満額の慰謝料をもらってお世話になったアリンガム伯爵家の人々を迎えに行き、就職先を手配し、そしてのんびりと自由な人生を送ることが何よりの幸せだと思っていた。

けれど今は。

（あまり、深く考えるのはやめておきましょう……！）

前髪を撫でながら、エイヴリルは馬車に乗り込んだのだった。


グレイスとともに教会近くの控え室に到着したエイヴリルは目を瞬いた。

なぜなら、そこには普段あまり自分とは関わろうとしないキャロルがいたからである。

「あら？　キャロルは今日のお手伝いをしてくれるのかしら？」

「……はい。今日のお支度は私が承ります。一応、アリンガム伯爵家から来ている者ですから」

「ふふっ、それもそうね。結婚式って、本当は嫁いでから挙げるものではないものね」

エイヴリルがニコニコと微笑んで同意したので、同行していたグレイスは頭を下げる。

「では、私はここで。お支度が整う頃に呼びにまいります」

「……い、いいえ、それは大丈夫です。エイヴリル様は私がお連れしますから」

なぜかキャロルはグレイスの申し出を拒絶した。グレイスは「一体どういう風の吹き回しですか」と訝しげな視線を向けているが、エイヴリルはくすくすと笑う。

「大丈夫ですわ。キャロルは私の侍女だもの」

「かしこまりました。では、私は一旦ランチェスター公爵邸に戻らせていただきます」

そうしてグレイスが去ると、控え室はエイヴリルとキャロルの二人きりになった。

ウエディングドレスを前に、エイヴリルはふわりとした口調で話しかける。

「キャロル。お母様とごきょうだいはお元気かしら？」

「……あなたの調子はずれなところは結婚式の朝でも変わらないのですね。何で今そんなことを」

「顔に書いてあります。早く家に帰りたい、って」

「……！」

キャロルはびくりと肩を震わせたものの、答えない。

けれどエイヴリルは気にすることなく続ける。

「アリンガム伯爵家の状況は聞いています。本格的に立ち行かなくなり、アカデミーから派遣されたシリル様が最も領民に迷惑がかからない形で没落できるように計らっているところだと。……キャロル、あなたにはちゃんとコリンナからお給金が払われているの？」

「……!? そ、そんなことを一体誰が」

「キャロルはアリンガム伯爵家では特別な存在だったものね。コリンナ付きの侍女のあなたは私よりもずっと地位が高かったもの。使用人仲間からそういう情報が行かないのは仕方がないかもしれないわ」

「……ほ、本格的に立ち行かなくなったなんて聞いていないです。もしそんな状況になったら、呼び戻してもらうか別の働き口を紹介してもらえるはずだったのに……！　コリンナ様はそんなことは一言も……！」

　俄に慌て出したキャロルに、エイヴリルはゆっくりと落ち着いた口調で告げる。

「大丈夫。もしキャロルが希望するのなら、ディラン様が働き先を紹介してくださるわ」

　自分ではなくディランの口利きなら契約結婚の期間が終了しても解雇されることはない、と続けようとして、エイヴリルは慌てて口を噤む。

（いけないわ。私たちが契約結婚だということをキャロルは知らないのだった）

「……ねえ、キャロル。あなたは今日のことについてコリンナから何と聞いているの？　まさか、ここで待っていたのは本当に私のお世話をするためではないのでしょう？」

　ニコリと笑ってみせると、キャロルは観念したように小声で答えた。

「ウ、ウエディングドレスを奪うと。そのほかは控え室の人払いをしてエイヴリル様と二人きりで待つようにとだけ命じられました。きっと、ドレスをなくしたエイヴリル様に恥をかかせて溜飲《りゅういん》を下げたいんじゃないですか」

「……本当に？」

　あまりにも子どもっぽい狙いに、エイヴリルは目を瞬く。

（……〝ドレスを奪う〟だけ？　本当に？　わざわざ結婚式で仕掛けるのだから、コリンナがそんなに生ぬるいことはしない気がするのだけれど……）

　そのとき、背後の扉が開いた。

「久しぶりねえ、エイヴリル」

「……！」

扉の向こうから現れたのは、ピンクブロンドに碧い瞳のエイヴリルによく似た妹だった。

サラサラとしたストレートの髪がエイヴリルとの違いのはずだが、なぜか今日は全体をゆるく綺麗に巻いてある。

（髪型が同じだと、本当に私とコリンナはそっくりですね……）

父親が同じだけなのに、こんなことがあっていいのだろうか。この場にあまり関係ない思考に陥りそうになったところで、エイヴリルははたと気がついた。

「ま、まさかそのドレスを本当にそのまま着る人がいるなんて」

扉を開けて入ってきた妹、コリンナ・アリンガムが着ているのは、少し前に使用人用の休憩室から消えた深い緑色のドレスだった。

数ヶ月前、エイヴリルはこのドレスを悪女として着ると啖呵《たんか》を切ったものの、消えてくれたことに心からホッとしたことは秘密である。

申し訳ございませんと頭を下げるグレイスに、うっかり手を取ってお礼を言おうとして変な顔をされた日のことが懐かしい。

「何？　この背中の開きのことを言っているの？　セクシーで素敵よね。このドレスのおかげでここまで簡単に入ってこられたの。このドレスはエイヴリルのものとして有名なのかしら？」

アレクサンドラがこのドレスをプレゼントした日、結構な人数の使用人たちがこの深いグリーンのドレスを目にしていた。

だから、今日この教会に先着している人間がコリンナをちらりと見てエイヴリルだと勘違いしてもおかしくない。

くるりと背中を見せたコリンナに、エイヴリルは顔を真っ赤にする。

「だ、大丈夫よ！　見せなくていいわ！　背中がはしたなく開いているのはわかっていますから」

「何よ？　これぐらい、悪女のエイヴリル・アリンガムなら普通でしょう？」

「あ……悪女……ええ。ええ、普通ですわ」

この一年間で悪女になりきるのがすっかり板についてしまったエイヴリルに、コリンナは得意げに片眉を上げる。

「ふふん。あなた、悪女として嫁いできて少しは評判を変えられているかと思ったけれど、やっぱりそのままなのね。本当に無能でかわいそうだわ」

「……」

（ありがたくも、悪女として務めさせていただいています……）

こういった類の暴言を聞き流すのも久しぶりである。改めて、エイヴリルが今の幸せな暮らしに感謝していると。

「キャロル。エイヴリルのことを後ろ手に縛ってくれる？」

え。

まさかの命令にぱちぱちと目を瞬いたエイヴリルの後ろで、キャロルが声を震わせた。

「コ、コリンナお嬢様、なぜそんな……」

「いいから早く。人が来ちゃうでしょう？」

「いくらコリンナお嬢様の命令でも、さすがにそれは」

　命令に背こうとするキャロルに向けて、コリンナはひらりと小さな紙を取り出した。

「キャロル。これ、アリンガム伯爵領までの鉄道のチケットよ。この任務が終わったらすぐに家に帰してあげる。しばらく家族に会っていないでしょう？　あなたのお母様、持病がさらに悪化して大変みたい」

「母の持病が？　そんなこと、手紙には何も……」

「バカね。手紙に、遠い王都で働く娘が心配することを書くわけがないじゃない」

「……！」

　俄にキャロルが真っ青になったのがわかる。

　何も言わずに見守るエイヴリルの耳に、キャロルの震え声が耳に響いた。

「……エイヴリル様。申し訳ありません」

　そのまま縄で手首を縛られる。

　とりあえず、エイヴリルは大人しく従うことにした。

（キャロルは私ではなくコリンナの味方ね。長年の主従関係があるし、ご家族のこともあるのだから仕方がないわ。……けれど、ほかに問題が）

　問題は縄だった。

実は、エイヴリルは縄抜けにハマっていた時期がある。

これは本を読んで覚えたわけでもなくて、幼い頃に継母からの折檻《せっかん》で物置に閉じ込められた際、偶然覚えてしまっただけである。

けれど、どんな縄でも大体解けてしまうので怒られないように隠すのが大変だった。一般的な貴族令嬢では経験しがたい、懐かしい思い出である。

(あ……やっぱりこれは簡単に抜けられる結び方ですね……!)

試しに手首をよじってみる。見事に縄は外れて、エイヴリルの足元にぱさりと落ちてしまう。

「「……」」

エイヴリルはキャロルと顔を見合わせた。

キャロルは自分と同じ微妙そうな顔をしている。

ついでに、ちらりとコリンナに視線を送ってみる。こちらは見ておらず、連れてきた護衛代わりのイケメンと腕を絡ませていた。

慌てて、エイヴリルはキャロルにこそっと囁く。

「ご……ごめんなさい、キャロル。もう少し強く縛っていただけますか」

「今、いけないものを見た気がしたんですが」

「気のせいです。とにかく、もっとしっかり縛ってください」

「それ、今まさに拘束されようとしている人が言う言葉じゃないですよ」

「何か、ごめんなさい」

（今、私に味方はいないも同然です。キャロルは罪悪感を持っているようだけれど、キャロル本人のためにも今は従った方がいいわ）

大人しく後ろ手に縛られようとするエイヴリルの背後で、キャロルが深いため息をついた。

そして少しの間を置いてから、コリンナに聞こえないぐらいの声でぽつりと呟く。

「……旦那様が」

「え？」

「……エイヴリル様が結婚式に出られなかったら、旦那様が心配するんでしょうね」

「ああ、そのことね。確かに、今日はたくさんのお客様がいらっしゃっていてランチェスター公爵家にとって大切な日だもの。でも、心配するとは思うけれどあなたの責任ではないわ、キャロル。だから大丈夫。ご家族のことだけを考えていればいいわ」

「…………」

「キャロル？」

キャロルは答えない。

おかしいな、と思ったエイヴリルが首だけで後ろを見ると、目に涙を溜めて唇を噛み締めるキャロルの姿があった。

「……本当に、そういうとこですよ、エイヴリル様」

「お母様が心配なのね。大丈夫。あなたも知っている通りコリンナはこんな感じで引くほど性格が悪いけれど、さすがにここまでさせておいて列車のチケットを渡さないなんてこと、ないと思うわ」

「いやそうじゃない……ほんと相変わらず……いいですもう」

「あら」

どうやら、キャロルが泣いているのは母親が心配だからではないらしい。

ではなぜ、と首を傾げたエイヴリルの背後に人の気配がした。

ついさっきまでイケメン二人と腕を絡ませていたコリンナである。いわゆる〝ドン引き〟というような引き攣った表情を浮かべている。

「あんたたち……何泣いてんの？」

「キャロルが泣いているのは、お母様の病気が心配なのよ」

「それ、どっからどう見ても違うでしょう!?」

いつもならここでコリンナがキンキン声で喚き散らすところなのだが、今日は声を抑えている。本当にエイヴリルとして忍び込んできたらしい。

一方、キャロルのエイヴリルを縛る手は止まっていた。

不思議に思っていると、涙声ではない、きっぱりとしたキャロルの声が聞こえた。

「コリンナ様。――私はもうあなたに従えません」

「はあ？」

(!?)

コリンナも普段では聞かないどすのきいた声をあげたものの、それよりも驚いたのはエイヴリルである。大人しくコリンナに従えばすぐにアリンガム伯爵領に戻れるにもかかわらず、キャロルはそうしないらしい。意味がわからない。

(……キャロル!? どうしてそんなことを!?)

けれどキャロルは怯む様子がない。立ち上がってはっきりとコリンナに告げる。

「……コリンナお嬢様。私は家族のためにあなたのメイドをしてきました。私が十三歳、コリンナ様が八歳の頃からずっとお側にいてお世話ができたこと、ありがたかったとは思っています」

「それなら私に恩があるじゃないの。何で急にそんなことを」

「私はあなたの便利屋ですか。ただの手駒ですか。しぶしぶエイヴリル様についてきたと思ったら、十分な給金がもらえなくて実家に帰れない……送金するのがやっとだったのに、ここ数ヶ月はそれすらもできていません。もう限界です」

(キャロル……)

しかし、覚悟を決めた様子のキャロルを見てもコリンナの心は変わらないらしい。

ふんと鼻を鳴らすと、つまらなそうに言い放った。

「もういいわ。ウエディングドレスに着替えるのをキャロルに手伝ってもらおうと思ったけど、自分でやるわ。アンソニー。この二人をどっちも後ろ手で縛ってくれる?」

コリンナの命令でイケメン二人が動くのを見ていると、今度はエイヴリルの目の前に布紐が現れた。

(ええと、これは……言葉を封じるものですよね……)

その持ち主であるコリンナに、エイヴリルはおずおずと申し出る。

「コリンナ。私の口を封じる前に、お伝えしなければいけないことがありまして」

「何よ。あんたが口を開けば余計なことしか言わないのは知っているわ！」

「いえ、あの本当に伝えておいた方がコリンナの身のためで、むぐっ」

言い終える前に布紐で言葉を封じられてしまった。

会話の内容から察するに、おそらくコリンナは自分と入れ替わろうとしているのだろう。けれど、そこには重大な誤解がある気がする。

（コリンナは入れ替わってもバレないほどに私とディラン様の関係が薄いと勘違いしているんだわ。せめて、あの背中が開きすぎのドレスがコリンナと因縁の関係にあるアレクサンドラ様からの贈り物だと伝えられたら、こんな馬鹿な行動に出なかったかもしれないのに……！）

悔やんでももう遅かった。エイヴリルとキャロルはコリンナの同行者のイケメン二人によってそのまま教会の階段室に連れていかれ、閉じ込められてしまったのだった。


誰もいない階段室。その柱に、エイヴリルとキャロルは縛り付けられていた。

扉の外には微《かす》かに人の気配。コリンナが連れてきたイケメンが見張っているようだ。

（縄抜けはいつでもできますが、腕力や追いかけっこでは殿方に勝てません。確実に、誰かに助けてもらえる状況になるまで大人しくしているのが良さそうです……）

それに、気になるのはキャロルである。

怯えてはいないか、と隣のキャロルに視線を向けると、彼女はゆっくりと語り出した。

言葉を封じられたのはたまに余計なことを話してしまうエイヴリルだけだったようだ。

解せない。

「……エイヴリル様。あなたをこんな目に遭わせたコリンナお嬢様を、旦那様は絶対にお許しにならないでしょう。タイミングが来たら、大声で叫んで逃げましょう」

「はひ」

（でも……キャロルは知らないけれど、私たちは契約結婚なのよね……。契約書にある〝結婚式〟を履行できなかった私は、ランチェスター公爵家から追い出されてしまうかもしれません……）

ちくりと胸が痛む。それは、期待に応えられなかった申し訳なさにしては随分と心を抉《えぐ》る痛みに思えた。

急に沈んだ顔をしたエイヴリルを見て、キャロルは何か勘違いした様子だった。

「大丈夫ですよ。あなたとあまり一緒にいなかった私でも、旦那様がエイヴリル様を特別に大切にしているのはわかるくらいですから」

「ほうへふへ」

（そうですね。確かに、契約を履行するために大切にしてくださるのはとてもありがたいけれど……）

エイヴリルの方が履行しないのなら少し事情は変わってくるかもしれない。そんなことを考えていると、キャロルはなぜか顔を引き攣らせる。

「この状況なのに、そのボーッとした顔。ずっと前から言おうと思っていたんですが、エイヴリル様は旦那様に冷たすぎじゃないですか」

「……ふへ」

悪女だった自覚はあるが、妻になる悪女である。エイヴリルがディランに冷たくしたことなどあっただろうか。

（私ったら、知らないうちに致命的なミスを……!?）

目を瞬いたエイヴリルに、キャロルは告げてくる。

「余計なことは考えずに、エイヴリル様のためのライブラリーを思い出してください。あんな手のかかるもの普通は準備しませんよ。適当にドレスや宝石を贈って機嫌をとるのが普通です。私は毎日あの部屋の掃除をしていたのでわかります。エイヴリル様が好きそうな本が日に日に増えています。あの暑苦しい愛情に少しはお応えになって差し上げないと、旦那様がかわいそうですね」

「……!?」

「お屋敷の厨房でクレープを作った翌日には料理の本が、旦那様と一緒にドレスを選んだ翌日にはレースの本が追加されていました。あまりにも迅速かつ的確に本が追加されていくので、使用人も皆目が点になっていましたけど知ってました？」

「……!?」

（そういえば、あのライブラリーには私が好きな本が揃っていて本当に不思議だと思っていたけれど……）

「そんなふうにして、エイヴリル様が大切にされていることをコリンナお嬢様が知ったら、怒り出して大変なことになると思ったんです。だから、ずっとコリンナお嬢様にはエイヴリル様はこの家で冷遇されていると伝えてきました。わかっているとは思いますが、別にあなたを守ろうとしたわけじゃないです。私の平穏な毎日のためでした。でも、まさかそれがこんなことの引き金になってしまうなんて……」

「はふほほ」

（なるほど。だから、コリンナはあんなに自信満々に入れ替わりなんて……！）

驚きを隠せないでいると、キャロルは心底申し訳なさそうに続ける。

「……本当に申し訳ありません。これまで不遇だったあなたが本当に幸せになれるチャンスだったのに……」

いつも強気なキャロルがしゅんとしている。

けれど彼女にも彼女なりの事情があって、しかもいざとなったらコリンナを裏切り、ついでに今はエイヴリルと一緒に縛られている。

それを思うと、エイヴリルは特に怒る気にはならないし、そうせざるを得なかったキャロルに同情すらしてしまった。

（キャロルがこんなことを考えていたなんて……。でも、キャロルは何か勘違いを。だって、ディラン様が私にお優しいのは契約を履行しようとしてくださっているからで……）

——本当に？

初めて、自分の心の中からそんな囁きが聞こえた気がした。

男娼騒ぎの日『君が目の届かないところにいると心配だ』と言い、夜の書斎のオレンジ色の光の中で頬に落ちた髪を掬ってくれたディランの姿が思い浮かぶ。

普段は何とも思わないはずなのに、ディランの行動についてキャロルから丁寧な説明を受けてしまったエイヴリルの心はひどくざわつく。

その瞬間、エイヴリルの脳裏に急にある光景がフラッシュバックした。

それは数ヶ月前、王都近郊の別邸に行った日。

ランチェスター公爵夫人が持つ印章を契約期間満了まで大切に保管すると約束したときのこと。

穏やかな秋の庭で、重なった二つの手。

（……待ってください。今、重要なことに気がついてしまった、気がします……）

あの日、ディランはエイヴリルに結婚してほしいと告げてきた。

いきなりの求婚にエイヴリルは驚きに包まれた。いつもの優しくて穏やかなものとは違う、真剣な眼差しに息を呑んだときのことが鮮やかに思い浮かぶ。

けれど、エイヴリルはすぐにこれは契約結婚の話なのだと思い直してしまったのだ。

（まさかあの言葉が本気だった……ということはないですよね……）

ゆっくりと目を閉じて、その言葉を反芻する。

――エイヴリル・アリンガム。私と結婚してほしい。

（確か……あの後、私はディラン様に〝鈍い〟とはっきり言われてしまった気がします……！）

どうして気がつかなかったのか。いや、自分の自惚《うぬぼ》れで思い過ごしかもしれない、と何とか持ち直そうとしたエイヴリルにキャロルが追い打ちをかけてくる。

「どこからどう見ても、ディラン様はエイヴリル様を愛しておいでです。なぜか悪女になりきっている変なあなたでも、優しく見守っててすごいですよね。ここまでくると尊敬を通り越して変わり者っていうかどっかおかしいのかなって」

「……!?」

「全然気がついてないとか言わせませんよ。ランチェスター公爵家にはまだお世話になって一年足らずですが、もしそうなら旦那様があまりにもかわいそうで」

「……!?」

聞いていない。いや、実は聞いていたのかもしれないが、完全に契約結婚の話だと勘違いしてしまっていた。

もしそうだとしたら、いつから。お茶会の日は、サロンコンサートの日は。ローレンス殿下に紹介してくれたときは。君はもうこんなふうに過ごさなくてもいい、と伝えてくれた日は。

ディランと過ごしてきた一年間が脳裏を駆け巡る。当たり前の日常と思っていたけれど、思えばディランはいつだってエイヴリルに紳士的で優しくて温かかった。

(もしかして……これが、誰かに特別に大切にしてもらう、ということなのでしょうか……)

じんわりとした不思議な感情が胸に広がっていく。

けれど、ディランの優しさがただの気遣いではないことが少しだけわかった気がしたものの、まだいまいち自信が持てなかった。

とにかく、こういうことは本人に聞くのが一番早いだろう。

（ここから脱出したらディラン様に本当のところを聞いてみましょう……！）

布紐を噛みながらモゴモゴ言っていたエイヴリルが急に大人しくなったのを見て、キャロルも察したようである。

「……まさかと思っていましたが、本気で愛のない政略結婚だと思っていたんですね」

「……はひ」

「いくらあなたの生い立ちが家族に恵まれないものだったとしても、あそこまでしてわかってもらえない旦那様が不憫です」

「はひ」

申し訳なさすぎて、どうしようもなかった。

ふわふわした感情と罪悪感に押しつぶされそうなので、頭を切り替えてこれからのことを考える。

（まずは、隙を見てここから脱出すること。私がどこかに連れていかれずにここに閉じ込められているということは、きっとコリンナは私をアレクサンドラ様の侍女として入れ替えたいんだわ）

結婚式でエイヴリルと入れ替わる、リンドバーグ伯爵家にエイヴリルを送り込む。どの選択肢でも一瞬でバレることが明白すぎて、コリンナがかわいそうにすら思えてきた。

（むしろ、結婚式が始まってしまえばこちらのものかもしれません。ただ、ドレスが……。ディラン様が私のために仕立ててプレゼントしてくださったドレスが……）

毎朝ずっと見つめてきたドレスに、自分よりもコリンナが先に袖を通すのだと思うと少しだけ残念な気持ちになる。

けれど、おっとりしていてメンタル強めなのがエイヴリルのいいところである。

これからすることが決まったら、何だかホッとして力が抜けてしまった。

（この階段室は南にあるのでしょうか……窓はないけれど、ポカポカです……）

実のところ、今朝のエイヴリルは結婚式のためにいつもより早起きだった。朝早く起きて、ドレスを眺めて、朝食をとって、ドレスを眺めて、身支度をして、ドレスを眺めた。

結論から言うと、階段室に閉じ込められたにもかかわらず、エイヴリルはうっかり眠ってしまったようである。


「…………」

「…………」

エイヴリルは人の話し声で目を覚ました。

視界に映るのは積み重なった木箱と何やら儀式に使いそうな調度品。まさに物置といった埃《ほこり》っぽい周囲の風景に、首を傾げる。

（ええと、私は……）

目を擦りたいのに擦れない。どうして手が自由ではないのだろう、そう思ったところで外のざわめきが一気に大きくなり、パイプオルガンの音が響く。

その透き通った音でやっと頭がすっきりしたエイヴリルは、今自分が置かれた状況を思い出した。

（……そうだわ！　結婚式！　コリンナにドレスを奪われて閉じ込められたのに、眠ってしまうなんて……！）

ちょっとやそっとでは動じないところがエイヴリルの長所なのだが、さすがに今日はどうかしていた気がする。そこに、呆れたようなキャロルの声。

「何度も起こしましたけど、ぐっすり眠っていて起きないので」

「ほへんははひ」

「ごめんなさいって謝ってももう遅いですよ。早くこの縄から抜け出てもらえますか。それだけで自由に動けるようになるんで」

「……ほへんははひ」

（ごめんなさい、キャロル……緊張感がなくて……）

結婚式が始まったのだから、見張りはもういないだろう。エイヴリルは体をよじって柱の縄から抜け出す。これも幼い頃に覚えた謎の成果である。

そして縄を解く前に安全を確認するため、後ろ手に縛られたまま何とか立ち上がって扉のところまで行く。扉には外から鍵がかかっていてびくともしないが、隙間から教会内の様子が見えた。

バージンロードをゆっくりと歩きながら花嫁が入場してくる。

――それは、どこからどう見ても、コリンナだった。

エイヴリルの格好をした義理の妹コリンナは、エイヴリルの夫となる公爵閣下、ディラン・ランチェスターのもとに向かって、バージンロードをゆっくりゆっくりと歩いていく。

（あのドレス、やっぱり素敵ですね……。さすが、ディラン様が私のために仕立ててくださったドレスだわ。真っ白なシルクの生地にちりばめられた刺繡とラインストーンが綺麗……！）

こんな状況なのに、自分がディランからの贈り物であるドレスに夢中になっていたことに気がついたエイヴリルは、ハッとして蒼くなる。

（いけないわ、また私ったら。ここはドレスの美しさに感激するところではなかった。ディラン様にごめんなさい、だわ。私への贈り物なのに……コリンナに奪われてしまったんだもの）

一方、エイヴリルから奪ったドレスを身に纏い美貌の公爵の隣に進んだコリンナは、夫となるディランの顔を凝視して『エッ』と小さな悲鳴をあげた。

それは、何かを忌避する叫びではなく明らかな感嘆の声。

（それはそうよね。ディラン様はとってもお顔がいいもの。佇まいからも優しさや高貴さが溢れ出ていらっしゃるし、初めて間近で見たらあのような反応をしてもしかたがないわ。だって、コリンナだもの）

いつの間にかパイプオルガンの音は止み、恐ろしいほどの静寂が広がっていた。

当然である。

確かに、遠目ではエイヴリルとコリンナはそっくりだけれど、ディランの強張った表情からは花嫁に異変が起きているということは明白だったのだから。

「お前は誰だ。私の愛するエイヴリルを一体どこへやった」

（わ……　〝私の愛する、エイヴリル〟　……）

教会内に響き渡った聞きなれない表現に、エイヴリルは手の縄を解くことも忘れて固まってしまう。

いや、もしかしたらこれまでにもこんなふうに表現してもらったこともあったかもしれない。しかし、契約結婚の婚約者を演じていると思っていたから平気だった。

けれど、さっきのキャロルからの助言とあまりに一致しすぎてはいないだろうか。

これがディランの本心かもしれないと思うと驚きと申し訳なさで呼吸が止まりそうになる。

動けないでいるエイヴリルと扉一枚隔てた先で、コリンナが声を震わせた。

「ディ……ディラン様。私はエイヴリルですわ。この桜色の髪も、碧色の瞳も、あなたが愛するエイヴリルそのものですわ。いつものエイヴリルと違うところなど一つもありませんわ」

「――あなたが愛するエイヴリル？」

自嘲気味に笑った後、ディランは厳しい声色で続けた。

「お前。私が愛する妻の顔をわからないと思っているのか？　不敬罪で投獄してもいいが、まずはその前にエイヴリルの居所を教えろ。二度同じ問いはしない。今すぐにだ！」

「ひっ……！」

コリンナはあまりの恐怖に力が抜け、床にへたり込んでしまったようだ。

（あっ、ドレス！　ディラン様からの贈り物のドレスが汚れてしまいます……！）

隙間から見守っていたエイヴリルは、口に当てられた布紐を噛み締め、扉に体当たりをする。

一瞬だけ響いた、鈍い音。それが聞こえたのか、それともコリンナの震える指先を辿ったのか、こちらを見たディランと目が合った気がした。

「……っエイヴリル!?」

その瞬間、ディランは問い質すために掴んでいたコリンナの身体をぽいと放り投げ、エイヴリルの方に走り寄ってくる。コリンナはどさりと音を立てて床に転がった。

階段室の扉前まで来たディランは扉を叩く。

「エイヴリル、いるのか!?　……おい、この扉の中はなんだ!?」

「ち、地下へと続く階段室がございます」

「不審な音がした。誘拐された私の妻がいるかもしれない。すぐに鍵を開けろ！」

（まもなくこの扉が開きますね……！　そして今、確実に外は安全です）

すぐそこで交わされる会話を聞きながらエイヴリルは一瞬で手首の縄を解き、口に当てられた布紐も投げ捨てた。

そしてキャロルの手首の縄も解いてやる。

「もっと早く解いてほしかったですね」

「その通りですごめんなさい！」

万一見張りに見つかったときのために安全が確認できるまで縄を解かなかったのだが、この状況でぐうぐうと眠るぐらいならとっとと解くべきだっただろう。キャロルが正しすぎた。

それから、外出用とはいえ普段着用のドレスを身につけた自分を見下ろす。

（私のこの服装は……結婚式には少し残念ですね……）

そんなことを考えていたところで、鍵が到着したらしい。

扉が開いて、一気に光が差し込んだ。

「エイヴリル！」

すぐに見えたのは泣きそうな顔をしたディランだった。

いや、泣きそうに見えたのは一瞬だけで、しかもその表情はエイヴリルだけにしか見えなかったのかもしれない。

視界から眩しさが消えたときには、ディランはもういつも通りのクールな顔に戻っていた。

エイヴリルの無事を視線で確認したディランは冷静に指示を出す。

「……今日の式は中止する。クリス、参列客の案内を頼む」

「かしこまりました」

それを受けクリスがきびきびとした動作で教会内に戻っていくと、ディランは両手でエイヴリルの頬を包み、顔を覗き込んだ。

「エイヴリル、怪我《けが》はないか。すぐに医師を」

「必要ありませんわ、ディラン様。ほら、見てください。この通り元気です」

（お顔が……近いです……）

ドキドキしつつ軽く跳ねてみせると、ディランはそのまま近くにあった椅子にエイヴリルを座らせため息をつく。

「本当か？　いつからここに。怖かっただろう」

「…………」

まさかさっきまで眠っていたとは言えない。

心なしか、背後のキャロルにも微妙な空気が漂っている気がする。お願いだから何も言わないでほしい。今だけは、自分の口を封じたコリンナの気持ちがわからなくもなかった。

答えないエイヴリルを見てディランも察するところがあったらしい。

強張っていた表情を少しだけ崩す。

「……なあ。君の代わりに花嫁の姿をしているあの女はなんだ」

「……箱入り娘のコリンナです」

「やはりそうか。――アレクサンドラ・リンドバーグ嬢！　君の侍女が王都に到着したようだ」

ディランが声を張り上げると、へたり込んだままのコリンナが悲鳴にも似た声をあげる。

「ア、アレクサンドラ……ですって!?」

「お久しぶりですわね、コリンナ・アリンガム様。ちょうど一年前に、私の元婚約者との破談の席に同席していただいたとき以来かしら？」

「何であんたがここに！　ち……っ、違うわ、私は……！　待って、放して！」

リンドバーグ伯爵家の護衛たちがコリンナを引っ張っていく姿が見える。

その奥で、真っ青な顔をして震える継母と無表情でそれを支える父の姿があった。教会の中にはとにかく異様な雰囲気が漂っている。

さすがのエイヴリルもこの状況で「あの、ドレスを大切に」とは言えなかった。

心の底からドレスだけを心配してコリンナを見送ったところで、ディランが唇を噛む。

「どうしてこんなことに。最近は君を訪問する不審な人間がいなかったから、すっかり油断していた。まさか結婚式で……。無事でよかった」

「いいえ、後で詳しくお話ししますが、これは私の不手際が招いたことです。ランチェスター公爵家にこのような騒ぎを持ち込んだこと、本当に申し訳なく思っています」

「なぜ君が謝るんだ」

「実家絡みのトラブルは私の責任です。それから、私付きの侍女を遠ざけていじめすぎたことも原因です。悪女として少し行きすぎた振る舞いだったようですわ」

エイヴリルとしては本気だったのだが、ディランは謝罪には応じず柔らかく笑った。

「――式はまた改めて挙げ直そう」

「……えっ？」

「ドレスもあの女が袖を通したものではなく新しく作り直そう。君が着る日を楽しみにしていてくれたことを知っている」

「いいえ、あの、ドレスは汚れてしまったかもしれませんが、綺麗にすればまた着られますわ。何着も同じドレスを仕立てるのは領民の皆様に申し訳ないですし、――何よりも私には〝ディラン様がウエディングドレスを贈ってくださった〟という事実だけで十分なのです」

「……無意識か」

「……はい？」

「いや、何でもない」

エイヴリルの言葉にディランは口元を手で隠して絶句している。ほんのりと赤く染まって見える頬に、なんだかエイヴリルまでむず痒い気がした。けれど、今はそんな場合ではない。

「……と、とにかく新しくドレスを仕立てていただく必要はありませんわ」

（傍若無人に振る舞い殿方に貢がせるのが悪女ですから、お金がもったいないとは言えません！ですが……）

しかし、案の定ディランは明らかに不満そうである。

さてどうしたものか、と首を傾げたところでコリンナをどこかに収納し終えたらしいアレクサンドラがやってきた。

「あのドレスは私が買い取りますわ」

「ア、アレクサンドラ様!?」

「うちのメイドの粗相ですので。エイヴリル様にお怪我がなくて本当によかったですわ」

ぽかんと口を開けたエイヴリルに、アレクサンドラは上品に微笑んでみせる。

意味深ににっこりと口元を緩めた笑顔は、なぜかものすごく怖い。

（りんご……）

エイヴリルの脳裏に、初めてアレクサンドラに会った日に素手で潰されたりんごのことが思い浮かぶ。とりあえず、形式上はコリンナの無事を祈ることにした。

「これで、エイヴリルのためのドレスを仕立て直させてくれるな」

「……あの、はい」

「それでいい」

（……ええと、これは）

改めてドレスを仕立て直す約束をしたところで、ディランは椅子に座ったエイヴリルに向かい膝を折る。手を軽く取り、美しい碧の瞳にエイヴリルを映す。

まるで、それが一般的な求婚の姿勢のようだったのでエイヴリルは目を瞬いた。

前は彼の瞳を見ると南の島の海が思い浮かんだが、今日は目の前のディランのことしか考えられない。

けれどディランの口から告げられたのはいつもの優しい言葉。

「……こんな思いをさせて済まない」

少しだけがっかりしてしまった自分に驚きつつ、エイヴリルは笑みを返す。

「……いえ、あの。少し、寝すぎました」

「は？」

「いえ、何でも」

花嫁が入れ替わるという前代未聞の騒動が起きたため、今日のところは結婚式は取りやめになってしまった。

　参列客に頭を下げて見送った後、ディランとエイヴリルは二人揃ってランチェスター公爵邸に戻ってきた。いつもならすぐに自室で休めるところなのだが、今日はディランに呼ばれる。

「エイヴリル、書斎に来てくれるか」

「はい。何かお手伝いでしょうか」

「……まぁ、そんなようなものだ」

（……？　ディラン様が言葉を濁すなんて。どうしたのでしょうか）

　呼ばれるがまま訪れたディランの書斎。

　端にある応接テーブルには、温かい紅茶で満たされたティーカップが二つと真っ白い紙、万年筆が置かれていた。

「これは……？」

　とりあえずお茶を味わいつつ一体これから何をするのか、と首を傾げるエイヴリルに、ディランは爽やかに微笑む。

「実は……契約書をもう一度作り直そうと思う」

「……契約書を？」

「ああ。現実に即していない部分もあるだろう。それに、あの契約書にはエイヴリルの意見が反映されていない、私の要望を押し付けたものだ。……大丈夫だ、契約期間を変えることはない」

「なるほど」

「それに、私も二年の間に君の気持ちが変わるように努力する」

「はい？」

「いや、何でもない」

いつも通り、のんきなエイヴリルに付き合ってくれながら、ディランは紙にスラスラと契約内容を書いていく。滑らかに延びるインクを眺めながら、エイヴリルはこれからのことを思った。

（契約期間、というと……あと二年ということになりますね……）

エイヴリルがランチェスター公爵家にやってきてから、ちょうど一年。この幸せな日々にもすっかり慣れたけれど、二年後には終わりがやってくる。

もちろん、初めは終わりが来る日のことをとても楽しみにしていた。悪女として三年間の契約を全うし、その先に待ち受ける自由な人生のことを。

それなのに、今日は少しだけ心が沈んだ気がする。けれど、ディランは気づくことなく綺麗な字を並べていく。

「アリンガム伯爵家の使用人のことだが、予定通り明日からこの屋敷に入ってもらうつもりだ。心配なら、この契約書に彼らの待遇についても記しておくが」

「ディラン・ランチェスター様に限ってそのようなお約束は必要ないかと」

暗に『信頼している』と伝えると、ディランの頬が緩んだように見える。

シリル・ブランドナーの手引きによって、アリンガム伯爵家からはほとんどの使用人が消えた。

その行き先は、領地に残ることを望んだ人間を除いて王都だった。

結婚式が終わり婚姻誓約書が国に提出されるまで休業手当を支払って待機させ、その後ランチェスター公爵家で雇い入れることになっている。

（よかった。これでアリンガム伯爵家が立ち行かなくなったら私が何とかするというキーラとの約束も守れるわ）

「〝婚姻誓約書を提出し形式上の夫婦となる〟、これは問題ないな」

ホッとしながらディランの手元を眺めていると、見覚えある文言が書かれていた。

「は、はい。もちろんですわ」

（形式上の夫婦……。そういえば、私はディラン様に確認したいことがあったのでした）

キャロルが言っていた〝どこからどう見ても、ディラン様はエイヴリル様を愛しておいでです〟は果たして本当なのか。

エイヴリルの心に全く気づくことがないまま、ディランは契約書を作成していく。

「〝部屋は別に持ち、お互いの行動に干渉しない〟」

「あ……っ、はい、それはもちろんですわ！」

「宮殿ではなくて母屋で申し訳ないが。こちらも快適だろう？」

「ふふふ。離れが宮殿なので、こちらはお城ですわ。とても過ごしやすいですし、使用人の方々も皆さんお優しくて大好きです」

「……それはよかった」

さっき教会で皆に見せていた鋭い視線とはかけ離れた、柔らかな眼差し。

安心して、つられて微笑んでしまう。ディランからこの温かさが向けられることに慣れてしまっているが、これは特別なものなのだろうか。

(以前……ディラン様も仰っていましたが、私は鈍いのかもしれませんね)

これまでのアリンガム伯爵家でのことを回想する。継母と義妹にほぼ生家を乗っ取られる形になってしまったエイヴリルの人生はわりと散々だった。

一度も怒りを覚えたことがないと言えば、嘘になる。

それでも、アリンガム伯爵家の使用人たちは皆エイヴリルに優しかった。だから自分の未来を悲観しすぎることはなかったし、なんならいつかどこかで幸せに暮らせるかもしれないと希望を持つことすらできた。

けれど、それでもエイヴリルには無償の愛がわからない。

(ディラン様は本当にお優しいですが……)

幸せを噛み締めると同時に、目の前の青年が持つであろう、キャロルの言葉の答えをきちんと知りたいという思いに駆られた。

「この契約書には君の意見も取り入れたい。何でも言え」

「……あの、でしたら」

エイヴリルは、おずおずと契約書の最後の項目を指差した。

「この、二年後の期限が来たら慰謝料をいただいてここを去るという項目に関してなのですが」

「ああ。金額も明記した方がいいか。いくら欲しい。できる限り期待に添うようにする」

「あの、そうではなくて」

「……もしかして、期限を短くしてほしいと？」

「いえ、そうでもなくて」

「では、なんだ」

まるで縋るように不安げな視線を送ってくるディランを前に、エイヴリルは息を吸う。

「……反対に、期限を延ばしてほしいということはできますか……？」

その瞬間、ディランの湖を映したような双眸《そうぼう》が見開かれた。

つい数秒前までの和やかな雰囲気は消えた。紙とインクの匂いが漂う書斎の空気は、俄に張りつめたものになる。

滞ることなく契約書を書き進めていたディランはペンを置き、息を吐いて髪をかき上げた。

「今、自分にとても都合のいい考えが頭を渦巻いているんだが」

「まぁ」

「頭を冷やすために確認する。期限を延ばしてほしい理由はあるか」

「ディラン様と一緒に過ごすこの暮らしがとても幸せだからです」

「ああ、本当にいい理由だな？」

言葉とは裏腹に、ディランは頭を抱えてしまった。ソファに座って膝に両肘を突き、まるでお手本のように苦悶《くもん》している。

銀色の髪の毛から覗く整った顔立ちには、わかりやすく朱が滲んでいるように見えた。エイヴリルはぴしりと背筋を伸ばして、もう一度告げる。

「大事なことなのでもう一度言います。私は、ディラン様と一緒にいるととても幸せです」

「ああ、ありがとう。しかし、」

「温かくて、普通の幸せってこういうことなのかなって思えるのです」

驚くほどにスラスラと言葉が出てきて、エイヴリルも自分でびっくりするほどだった。けれど、ディランはそれ以上の狼狽を見せている。

「ちょっと待ってくれ。どうしていきなりこんなことになったんだ？　君はつい数分前まで死ぬほど鈍かっただろう」

「死ぬほど」

鈍くて人は死なないはずだが、キャロルが言っていたことはしっかり正解だったらしい。

しかしそれにしても随分な評価である。

「ああ。それが、一体どうしてこうなった？」

「ディラン様のことが好きで、お側にいると楽しいということは前にもお伝えしましたが」

「それは『クレープが好き』と同じ意味だろう。エイヴリルは少し意味を履き違えている気がする。こういうことはもっとよく考えて……よしわかった、クリスを呼ぼう。客観的な意見が欲しい」

「いえあの待ってください！」

エイヴリルは、立ち上がったディランの腕を掴んだ。

外見のスマートな印象とは違うごつごつとした腕がびくりと震えたのがわかる。

「……私にもまだよくわかりません。ですが、〝君は鈍い〟の意味はわかりました」

ディランが顔を上げ、サラサラとした前髪の隙間からまっすぐな瞳が覗く。そこには、初めてこの家に来たときに見た鋭さはかけらほどもない。

正直なところ、エイヴリル自身にだって本当にわからない。

けれど、キャロルに〝旦那様はエイヴリル様を愛しておいでです〟と聞いてうれしかったこと、そしてディランともっとずっと一緒にいたいことは本当である。

いつの間にか二人は向かい合って立っていた。

ディランがエイヴリルに一歩近づいて、指先が頬に伸びる。今日は落ちた髪はない。ただ、頬に触れるためだけに。

「それをわかったうえで、私の側にいたいと思ってくれていることは本当なんだな」

「はい。ですが、ディラン様はきっとこれから私に教えてくれる人なのだと思います。誰かを想い、大切にすることを」

「君は本当に悪女のようだな」

きっぱりと告げると、ディランは一瞬だけ目を逸らしふっと笑った。

「……ええと、〝本当に〟？」

静かな書斎で、いつもは聞こえない類の言葉がエイヴリルの耳に届いてしまった。

エイヴリルが一体どういう意味だ、と考えを巡らせる暇もなく、ディランが跪《ひざまず》いた。

それはここが書斎だということを忘れてしまうほどに絵になる。まるでおとぎ話のワンシーンのようで、エイヴリルは息を吞んだ。

「エイヴリル・アリンガム。私の本当の妻になってほしい。念《ねん》の為《ため》告げるが、これは契約結婚ではない。契約書はないし、数年後に別れるという約束もない。むしろ、君を離すつもりはない」

「……なんだか、求婚の言葉みたいですね……！」

「いや、そのつもりだが」

「ふふふ、そうでした」

「しかし、これは契約結婚なのですね、と流されなかったのは初めてだな」

感慨深げなディランの姿にエイヴリルはついクスクスと笑った。そうして、差し出された手を取る。壊れものに触れるように、優しく指を撫でられて心臓が跳ねた。

すると、ディランは悪戯を思いついた子どものような笑みを浮かべる。

「――いつ渡そうか迷っていたものがある。少しの間、目を瞑っていてくれるか？」

「はい……？」

よくわからないが、言われた通りエイヴリルは大人しく目を瞑った。

ディランの足音が遠ざかったと思ったら、カタンと音がした。執務机の引き出しを開けて何かを取り出している気配がする。

それから、足音は執務机からエイヴリルの近くまで戻ってきた。

「そろそろ目を開けてもいいでしょうか……？」

「まだだ」

ディランの返事はエイヴリルの背後から聞こえた。どうしたのかしら、と思うと同時に彼が普段つけている香水の香りが濃くなり、さらに距離が近づいたことに気づく。

どきりとしたのと同じタイミングで、鎖骨のあたりにひやりとした重みを感じた。首の後ろで、髪に優しく触れられている感覚がある。

（ディラン様は一体何を……？）

「エイヴリル。目を開けて」

ディランに促され、エイヴリルはドキドキしながらゆっくりと目を開けた。そうして、胸元に視線を落とす。

そこにあったのは——。

「これ……！」

柔らかなピンクと華やかなオレンジが混ざり合ったパパラチアサファイア。

シンプルなデザインのそれに、エイヴリルは見覚えがあった。

祖母がお気に入りで身につけていた形見のネックレスである。

ただ目を瞬くばかりのエイヴリルに、ディランは照れくさそうに微笑んでみせた。

「初めて買い物に行かせた日、これを気に入っていたらしいな。勝手に悪いと思ったが、購入して前の持ち主を調べさせた。確かに、このネックレスの持ち主は前アリンガム伯爵夫人だったと」

ディランがつけてくれたパパラチアサファイアのネックレスはずっしりと重い。その重さがディランが祖母の形見を買い戻してくれたという事実を実感させてくれる。

（もう出会えないと思っていたのに）

驚きと喜びでそれ以上言葉にならない。やっとのことで絞り出せたのは、本心だった。

「……どうして」

「エイヴリルが本当に欲しいのはこれだったんだろう」

「でも、どうして」

このネックレスは一度あのショップから消えた。誰かの手に渡ったものを高額で買い戻し、さらに以前の持ち主を調べるなんて面倒ではなかったのだろうか。

目を瞬き「どうして」とくり返すエイヴリルに、ディランはふっと柔らかく笑った。

「愛する人の喜ぶ顔が見たいのは当然のことだろう？」

エイヴリルは思わず息を呑んだ。「ありがとうございます」と伝えたいのに、言葉にならない。

冷たかった家族の顔が頭の片隅から消えたあとで、優しく育ててくれたアリンガム伯爵家の使用人たちの顔が思い浮かぶ。そうして、ディランの優しさと線でつながった。

（これが、無償の愛——誰かを特別に愛して大切にするということ……？）

その瞬間、涙に滲んだ視界の中で、眩《まばゆ》い光に包まれた気がした。

エピローグ

――それから数週間後。

エイヴリルとディランはアレクサンドラの招待を受けてリンドバーグ伯爵家に遊びに来ていた。

「コリンナ。モップをかけるときは、まず最短ルートを頭の中で計算するのですわ」

「うっさいわね。あんたって本当に余計なことばかり考えてんのね!?」

「短時間でお仕事を終わらせるための知恵だと言ってくださいな。リンドバーグ伯爵家はアリンガム家とは比べ物にならないほど広いですから、工夫しないと日が暮れてしまいます。まずお手本を見せますのでそのモップを貸してください！」

「嫌よ！　冗談でもやめて？　そんなことをしたら堅物アレクサンドラ様に蹴り飛ばされるわ！」

サロンに接した廊下を掃除する妹・コリンナにエイヴリルはアドバイスを送るが、全く聞き入れてもらえる様子がない。残念である。

廊下で押し問答を繰り広げるエイヴリルとコリンナの様子を眺めながら、ディランはアレクサンドラに問いかけた。

「コリンナ・アリンガムは君の侍女として雇い入れたのではなかったのか？」

「少し厳しく指導をしましたら、十日もしないうちに音を上げましてよ。仕方がないから掃除メイドに降格したのですけれど、それでも全然使えませんのよ？　衣食住を奪って追い出さないだけ褒めていただきたいですわ」

「……アレクサンドラ・リンドバーグを敵に回してはいけないという社交界の噂は本当だったようだな」

「あら。エイヴリル・ランチェスター公爵夫人の足元にも及ばなくってよ？」

「……否定はできないな」

コリンナに掃除の手本を見せることを諦めたエイヴリルは、廊下からサロンに戻ってディランの隣に腰を下ろす。

苦笑いで迎えてくれるディランと視線を合わせて微笑むと、それを見ていたアレクサンドラが満足そうにお茶を勧めてくれた。

「そうだわ。エイヴリル様の助言で納税を猶予された新興の商家があったでしょう？　この前の決算で持ち直したんですって？　恩義に報いるため、ランチェスター公爵家に多額の寄付があったと聞いたけれど、すごいですわね」

「それは私の手柄ではありませんわ。ディラン様とローレンス殿下が取り計らってくださったおかげです」

ぶんぶんと首を振ったエイヴリルに、ディランが呆れたように微笑む。

「いや違う。あれは誰がなんと言おうとエイヴリルのおかげだ。我が家の悪女はさすがだよ」

「ディラン様……私は本当にただ覚えていた一文について申し上げただけですわ」

「その後の強運も含めてすべてエイヴリルがもたらしたものだよ」

誇らしげに言い切るディランの姿に、エイヴリルはどうしたらいいのかわからなくて目を瞬いた。

少し前にエイヴリルの意見で嘆願書を通した商家は、資金繰りに余裕ができたことをきっかけに起死回生をかけた新商品を発売。

それが大ヒット商品となり、想像を大きく超える速さで業績が回復した。

恩義を感じた商家はランチェスター公爵領に猶予された額よりもはるかに多額の税金を納めた。

そのお金は不況にあえぐ領民のための策に使われ、国中が不景気の中、唯一領地経営を上昇に転じさせたランチェスター公爵は一躍時の人となっている。

(何というか、こんなこともあるのですね)

アリンガム伯爵家では気持ち悪いと言われていた自分の能力がこんな形で役に立つとは。エイヴリルは驚き戸惑うばかりである。

妖艶に微笑み「さすが私たちのエイヴリル様ね」とくり返していたアレクサンドラは、思い出したように話題を変えた。

「エイヴリル様。そういえば、キャロルとかいうメイドはどうしたのかしら？　最近姿を見ないようだけれど」

「旧アリンガム伯爵領でいいお仕事が見つかりましたので、暇を言い渡しましたわ。ご家族の側で暮らしていると手紙が届きました」

「それはよかったですわね。ご実家の没落に関しては私が言ってはいけないことでしょうけれど……混乱が少なくて本当によかったですわ」

アレクサンドラの言葉通り、コリンナがエイヴリルと入れ替わろうとした後、アリンガム伯爵家は没落した。

多額の借金が返済しきれなくなったことに加えて、法で認められた割合以上の領地を借金の担保にしていたことが明るみに出たのだ。

しかも、件《くだん》の結婚式には王太子・ローレンスが臨席していた。王家を欺こうとした罪は重かった。

けれど、シリル・ブランドナーが用意周到にしておいてくれたおかげで混乱は少なく済んだ。旧アリンガム伯爵領は担保の分だけリンドバーグ伯爵領となり、残りは王家のものとなった。

それから程なくして、エイヴリルの父親と継母は離縁した。

父親は旧領地の町外れにある小さな家に一人で暮らし、継母はコリンナを頼って王都に出てきているらしい。

美貌を利用して高齢の貴族の愛人や第二夫人の座を狙っているという噂が流れていたが、アレクサンドラが手を回したようだ。いつの間にか、品のない噂は聞かなくなってしまった。

回想を終えたエイヴリルを前に、アレクサンドラは妖艶に微笑んだ。

「それで。結婚式のやり直しはいつ行われるのかしら？　楽しみにしていますのよ」

「改めて準備をしているところですわ。アレクサンドラ様のおかげでドレスも仕立て直しを」

「あの工房、人気すぎて次の予約が半年後になってしまったんですって？　私が口利きしたのに！」

アレクサンドラは不満そうに口をへの字に曲げる。

エイヴリルとディランの結婚式の予定は一年ほど延びた。アリンガム伯爵家の没落に伴うあれこれが落ち着き、新しいドレスが縫い上がるタイミングを考えるとそうなってしまったのだ。

ランチェスター公爵家の予定をめちゃくちゃにして心底申し訳ないところだったが、ディランがいつでも優しいのが唯一の救いである。

(そうだわ。ディラン様と結婚するにあたり、一つ確認しなければいけないことがあったのでした)

ある問いを思い出したエイヴリルは、隣で紅茶を飲んでいるディランに向き直る。

「ディラン様。ディラン様と結婚するのは〝悪女のエイヴリル〟がいいのですよね……?」

「……っ!?」

不意打ちの質問に、ディランはむせてティーカップをテーブルに置く。クールな輝きを帯びる銀色の髪の隙間から覗く碧い瞳は泳ぎ、明らかに動揺を見せていた。

「だ、大丈夫でしょうか、ディラン様」

慌ててハンカチを取り出し、差し出したエイヴリルの手をディランは握る。「一体これはなんですか!?」とエイヴリルが慌てる前にディランはその手に口づけた。

そうして、低く甘い声で告げてくる。

「エイヴリルなら、どちらでも大歓迎だ」

(ディ……ディラン様……!?)

エイヴリルとディランの様子を見守っていたアレクサンドラが、色っぽい笑みを浮かべた。

「仲がよろしいことで本当に結構ですわ。誓いの口づけは頬や額ではなくて唇にするものですけれど、これでしたら心配はありませんわね」

「!?　……そっ、そんなことわかって、わかっ、わかっ、」

思わぬアドバイスにエイヴリルは絶句し、隣ではディランが吹き出す気配がする。

やめてほしい。ディランからの本当の求婚を受け入れて数週間。この件に関してはいろいろと申し訳ないエピソードがあるのだ。

居た堪れなくて縮こまったエイヴリルを庇うように、ディランの手が自然と肩に回る。

「アレクサンドラ嬢、それ以上は勘弁してくれるか。うちのかわいい悪女にはまだ早すぎる話のようだ」

「は、早くは……！」

慌てて否定しつつ、隣のディランを見上げた。まるですべてを見透かすようなとびきり優しい視線に囚われて、だめだった。心臓が跳ね上がって息が詰まる。

「〜〜〜〜〜！」

「……これは無理ですわね」

「だろう？　温かく見守ってくれ」

アレクサンドラとディランの会話を頭の片隅で聞き流しつつ、エイヴリルは漸《ようや》く息が吸えた。

愛してくれる人の存在にやっと気がついたエイヴリルの幸せな毎日は、まだ始まったばかり。

番外編◆悪女は友人の幸せを祈る

あの大騒ぎとなった結婚式から十日。

エイヴリルは朝からそわそわしていた。

今日は、アリンガム伯爵家で働いていた皆がランチェスター公爵邸にやってくる日なのだ。

というわけで、使用人たちから遠巻きに見守られながら母屋の階段を磨き、ロビーを磨き、エントランスを磨いた。

それでもまだ時間が余ったので今度は離宮を磨きに行こう、と立ち上がったところで声をかけられた。

「エイヴリル様。一体何をしているんですか」

振り返ると、なぜか顔を引き攣らせたキャロルがいる。

「キャロル！　ご覧の通り、お掃除を」

「それ私のモップなんで返してもらっていいですか。油断も隙もないですね」

「えっ？　代わりにお掃除しますので、もう少しお借りしていてもいいでしょうか」

「いいって言ってもらえると思ったら大間違いですよ。返してくださいね」

そう言うと、キャロルはエイヴリルの手元からモップをひょいと取り上げた。

「ああっ……！」

ランチェスター公爵家に嫁いでくるまでのエイヴリルは使用人として暮らしていた。

そのせいで掃除をしていると落ち着くのだが、ランチェスター公爵家の皆はなかなかそれを許してくれない。

特に、アリンガム伯爵家から一緒に来たキャロルはことの重大さをわかっているようだった。

エイヴリルをこき使う＝陰湿ないじめ、だと理解しているからこそなのだが、エイヴリルも頭ではわかりつつ、長年の染み付いた振る舞いはなかなかリセットできないのだ。

エイヴリルから自分のモップを取り上げ安堵の息を吐いたキャロルは、呆れたように告げてくる。

「そんなことよりも、皆をお迎えする準備をしなくていいのですか」

「はい、ですからこうしてお城を磨きまして」

「違いますよ。あなたはこのお城の女主人となる方です。お客さまのお出迎えに必要なのは床磨きではなく、きちんと着替えて身支度を整えることですよ。たとえば、今あなたの鼻の頭は埃で汚れています。端的に言ってヤバいです。さぁ、お風呂に行きましょう」

「ええっ!?　キャロル、少し待ってください……！」

抵抗も虚《むな》しく、エイヴリルはキャロルに引っ張られ自室のバスルームに連れていかれてしまった。

エイヴリルお気に入りの動きやすく質素なドレスは剝ぎ取られ、回収された。

乳白色のバスオイルが溶かされたバスタブに突っ込まれる形になったエイヴリルは、適温のお湯の中でふうと息を吐く。

「とっても気持ちいいです」

「それはよかったですね。気持ちいいってわかったと思うので、明日からも大人しくこんな感じで過ごしてもらっていいですか」

「うーん、それはちょっとどうでしょうか」

「変なところで頑固ですね、本当に」

バスタブに浸《つ》かったエイヴリルの髪にシャンプーがふりかけられた、と思ったらそれをキャロルが意外と優しく洗ってくれる。

アリンガム伯爵家ではキャロルはコリンナ付きのメイドだった。親しく話した記憶はあまりなかったし、ランチェスター公爵家へ来てからも基本的に知らぬふりを決め込まれていた。

こうして侍女のように世話を焼いてもらえると、認められたようでちょっとうれしい。

にこにこしながらされるがままのエイヴリルに、キャロルはつっけんどんに告げてくる。

「今日エイヴリル様に会ったら、きっと皆ものすごく喜ぶんじゃないですか。エイヴリル様が幸せになることはあの家の使用人皆にとって共通の願いだったはずですし」

「うふふ。その言い方はキャロルもなのかしら？」

「!?　……相変わらず余計なことしか言わないですね」

ざぶん。

予告なく頭からお湯をかけられた。

その後のエイヴリルは、キャロルによって新しいドレスに着替えさせられ、髪が乾かされ、お化粧がほどこされた。

「早朝から掃除をしていて朝ごはん食べていないでしょう」とキャロルが準備してくれたのはカチカチになった固いパンとぬるいオレンジジュースだった。

(キャロルってば、わかってる……!)

感動しながら支度を整えた頃には、アリンガム伯爵家の皆が到着する時間になっていた。

「エイヴリルお嬢様!」

「キーラ!　よく来てくれたわね!」

馬車から降り立った、使用人仲間であり親友のキーラと抱き合って喜んでいると、次々に馬車が到着していく。キーラのほかにも、エイヴリルが幼い頃からよくしてくれた懐かしい面々ばかりだ。

「お嬢様、……いや、奥様、ですかね。またお支えできて何よりの幸せです」

「私もよ」

皆、今日からランチェスター公爵邸で働くことになっている。

旧アリンガム伯爵領に残りたい人間にはディランが伝手を頼りに仕事を紹介し、そのほかの人間を皆ここに連れてきた形だ。

久しぶりの再会を懐かしむエイヴリルたちを、ディランが満足そうに眺めている。

「今日からはここが彼らの職場だ。慣れるまでは大変かもしれない。気になることがあれば何でも言ってくれ」

「ディラン様、ありがとうございます。私、本当に幸せです」

お世話になった彼らに恩返しをすることはエイヴリルの念願だった。よくわからない悪女のふりを貫こうとしたのもこのためなのだ。

（アリンガム伯爵家は没落したけれど、みんなにお仕事を紹介できたし本当によかったわ）

感動を覚えるエイヴリルに、ディランが怪訝そうな視線を向けてくる。

「そういえば、エイヴリル。朝からまた何かやったのか？」

「……何かありましたでしょうか？」

「今朝、キャロルが必死でモップを探していたから、エイヴリル絡みのことだと思っていたが」

「まあそれはそうかもしれませんがお忘れになった方がよろしいかと」

この家の主人は何もかもを見抜く能力があるのではないか。

けれど、エイヴリルが何をしていてもディランはそれを咎めることなく認めてくれる。使用人のように振る舞うことだけはやめてほしいらしいが、そうすれば落ち着くのだと話せばそれ以上追及することはない。

（ディラン様は理解があってお優しいです。ありがたい……、って!?）

「わぁ」

幸せに浸っていたエイヴリルは石ころに躓《つまず》いた。

その瞬間、隣にいたディランが肩を支えてくれる。

「大丈夫か？」

「え、ええ！　申し訳ありません。ついはしゃいでしまいまして」

「今日が来るのを本当に楽しみにしていたもんな。今日の出迎え用のドレスはこの前俺が選んだものか？　かわいらしい顔立ちを引き立てたいと思ってそれにしたのだが、よく似合っている」

「あ、ありがとうございます。こんなによくしていただいて、私は何をお返しすればいいのか」

お礼を告げたエイヴリルだったが、ディランはエイヴリルの肩に手を回したままだ。

確かに婚約者同士としては全く問題がないが、エイヴリルはついこの前までこの関係を契約結婚だと思い込んでいたのだ。

ディランのことは好きだが、あまり慣れない距離につい硬くなってしまう。

エイヴリルの様子に気がついたらしいディランはふっと笑った。

「ついこの前まで悪女だったとは思えない発言だな。——俺にとっては、エイヴリルはいてくれるだけでいいんだ。それだけで幸せだと思える」

「ディラン様……」

「結婚式が延期になってしまったことが本当に惜しいな。早くエイヴリルをランチェスター公爵夫人——俺の妻としてお披露目したい」

言葉だけではなく声色まで甘い。

十日前まで契約上の妻を演じる悪女だったエイヴリルはただ息を止めて瞬くことしかできなかった。誰か助けてほしい。

そこへ、申し訳なさそうにキーラが話しかけてきた。

「旦那様、エイヴリルお嬢様、お話し中、申し訳ございません」

「もっ……もちろん大丈夫ですわ！」

天の助けである。

「こちら、エイヴリル様へのお土産です。お二人のお部屋はどちらでしょうか」

「？　お二人のお部屋？」

首を傾げたエイヴリルに、キーラも同じ角度で首を傾げる。

「はい。結婚式こそまだですが、お二人は一年前からご夫婦としてお過ごしですよね？」

「……!?」

そういうことだった。ちょっと待ってほしい、と頭がパニックになりかけたエイヴリルの肩を支える手が小刻みに震えている。見ると、ディランが余裕そうに笑っていた。

「皆も知っている通り、彼女はエイヴリルだ。もう少し待ってもらえるか？」

「なるほど。かしこまりました、旦那様」

わずかな間ですべてを理解したらしいキーラが、ディランに同情の視線を送りながら去っていく。

（ディラン様に申し訳ないわ……！）

気まずさで消えてなくなりたい、と思っているところで、今度はキャロルが声をかけてくる。

「エイヴリル様」

「キャロル！　……もう行くのね」

キャロルはアリンガム伯爵家の使用人たちが乗ってきた馬車で駅に向かうことになっていた。そのまま故郷に帰り、家族と暮らしながらディランが話をつけた屋敷で働くのだ。

いまエイヴリルの前にいる彼女には、いつものどこかシニカルな表情はない。

ただ、目に涙を溜めて深々と頭を下げてくる。

「エイヴリル様、今日までありがとうございました」

「キャロルと過ごせて楽しかったわ。教会の階段室でいろいろお話ししたこと、忘れない」

「……まぁ、私の方も忘れられませんね。この世にこんなに鈍い人がいると知ったのはある意味大事件でしたから」

「でもね、本当に楽しかったの。ランチェスター公爵家に来てからずっと、私の悪女のふりに付き合ってくれてありがとう」

微笑んでみせると、涙を滲ませていたキャロルは呆れたように口の端を上げて息を吐いた。

「本当に、素晴らしい悪女でしたね」


キャロルはディランに向けて一礼をすると、トランクケースを片手に馬車へと乗り込んだ。

余韻すらなく、馬車は走り出す。

(キャロルにも幸せな人生が待っていますように)

見送りながら祈るようにして掌《てのひら》をこすり合わせれば、さっきキャロルが入れてくれたバスオイルの甘い香りがしたのだった。

あとがき

こんにちは、またははじめまして。一《いち》分《ぶ》咲《さき》と申します。

この度は「無能才女は悪女になりたい　～義妹の身代わりで嫁いだ令嬢、公爵様の溺愛に気づかない～」をお手にとっていただきありがとうございます。


このお話はＷＥＢに投稿していた作品を書籍化していただいたものです。

ありがたいことに、私はこれまでにも何冊か出版させていただいているのですが、その中で最もＷＥＢでの反響が大きかったのが本作でした。

連載中からたくさんの読者さんに応援していただき、とても楽しく書いていたことが印象深いです。本当にありがとうございます……！


本作の主人公・エイヴリルは、おっとりしているけれど芯がしっかりした強い子です。そんなところにいち早く気がつき、あっという間に落ちるのがヒーローのディラン。

他の作品だと「ヒーローが好き！」という感想をいただくことが多いのですが、本作に関しては「エイヴリルが好き」という感想が多くてちょっとびっくりしました。

ということで、ぜひディランと同じ目線でエイヴリルの悪女っぷりを楽しんでいただけていたらいいなと思います。

また、本作は近日中に轟斗《ごうと》ソラ先生によるコミカライズの連載がスタートする予定です。私が執筆しながらなんとなく頭の中で繰り広げていた世界をはるかに超えた、とっても素敵な漫画になっています。ぜひコミカライズも応援していただけるとうれしいです。

最後になりましたが、本作の出版に際しご尽力くださったすべての皆様にお礼を申し上げます。美麗なカバーイラストを描いてくださった藤村《ふじむら》ゆかこ先生、些細《ささい》なことまで相談にのってくださった担当編集様、その他支えてくださった皆様、本当にありがとうございました。

この本をお手にとってくださった方に、少しでも楽しい時間を過ごしていただけていたら何よりの幸せです。

またいつかお目にかかれることを祈って。

一分咲

電撃の新文芸

無能《むのう》才女《さいじょ》は悪女《あくじょ》になりたい

～義妹《ぎまい》の身代《みが》わりで嫁《とつ》いだ令嬢《れいじょう》、公爵様《こうしゃくさま》の溺愛《できあい》に気《き》づかない～

著者／一分咲《いちぶさき》
イラスト／藤村《ふじむら》ゆかこ

2023年3月17日　初版発行

発行者／山下直久
発行／株式会社ＫＡＤＯＫＡＷＡ
〒102-8177　東京都千代田区富士見2-13-3
0570-002-301（ナビダイヤル）
印刷／図書印刷株式会社
製本／図書印刷株式会社

【初出】……………………………………………………………………………………

本書は、「小説家になろう」に掲載された『無能才女は悪女になりたい ～義妹の身代わりで嫁いだ令嬢、公爵様の溺愛に気づかない～』を加筆、訂正したものです。
※「小説家になろう」は株式会社ヒナプロジェクトの登録商標です。

ISBN978-4-04-914752-0　C0093　Printed in Japan

ファンレターあて先
〒102-8177
東京都千代田区富士見2-13-3
電撃の新文芸編集部

「一分咲先生」係
「藤村ゆかこ先生」係

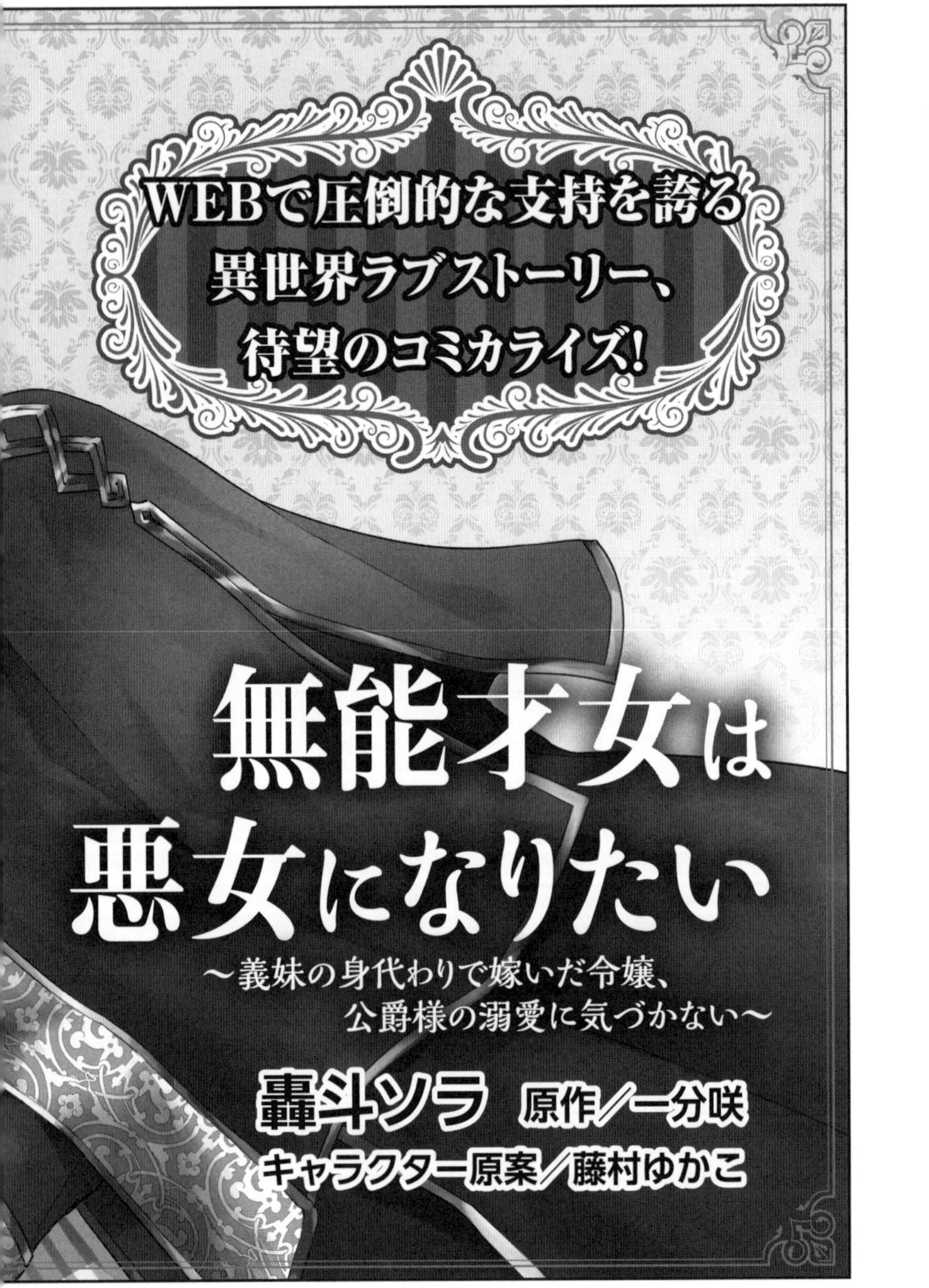
WEBで圧倒的な支持を誇る
異世界ラブストーリー、
待望のコミカライズ!
無能才女は
悪女になりたい
～義妹の身代わりで嫁いだ令嬢、
公爵様の溺愛に気づかない～
轟斗ソラ　原作／一分咲
キャラクター原案／藤村ゆかこ

おっとり〝悪女〟の
契約結婚の行方は――？
フロース
コミックにて
2023年4月
START!
https://comic-walker.com/flos/